（うぅ……バレてないよね？
バレてないょね？）
（ま、間違えてこうちゃんのコーラ
飲んじゃったの、バレてないよね……）
（どうしよう！
こうちゃんと間接キス
しちゃったょぉ！）

「幸太……」
みずきががしっと俺を掴むと、

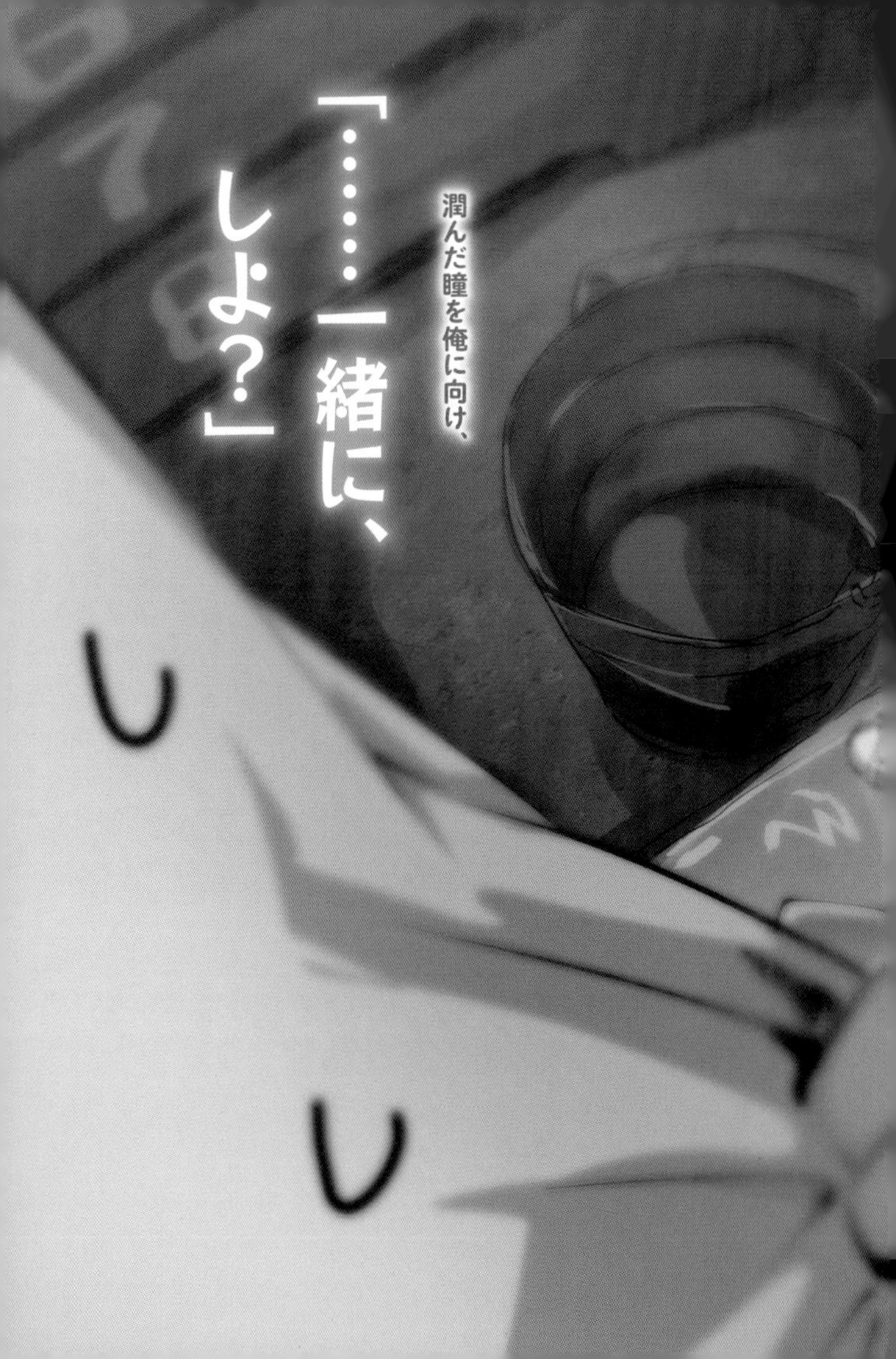
潤んだ瞳を俺に向け、
「……一緒に、しよ？」

「しかたないわね。じゃあこれからしばらくの間
幸太と一緒に帰ってあげるわ。ありがたく思いなさい」
と、虚勢を張ってはいるが、
口元はヒクヒクと吊り上がっているし、
目元もぎこちなく細くなっていて、
見るからに嬉しそうであった。

いっつも塩対応な幼なじみだけど、俺に片想いしているのがバレバレでかわいい。2

六升六郎太

HJ文庫
946

口絵・本文イラスト　bun150

目次

プロローグ

アスファルトの生温《なまぬる》い感触《かんしょく》が、背中からじわりじわりと伝わってくる。

視界の端《はし》に映るマンションが、奥《おく》にある鈍色《にびいろ》の雲が浮《う》かぶ空に向かってのびているのを見て、俺《おれ》はようやく、自分が仰向《あおむ》けになって倒《たお》れていることを自覚した。

あぁ……。俺、転んだのか……？　まずい……。早く立ち上がらないと、あいつが……。

ぐっと腹に力を入れて上体を起こそうとするが、体は言うことを聞かない。

ん……？　おかしい……。力が入らないぞ……。どうしたんだ……？

浮かんでいた雲から一粒《つぶ》の雨粒《あまつぶ》が降ってくると、それは俺のすぐ横のアスファルトにぴちゃりと音を立てて弾《はじ》けた。

その音が、乾《かわ》いたアスファルトとぶつかったにしてはどうにも多分に水気を含《ふく》んでいたように感じたので、俺はじとりと視線をそちらへやった。

するとそこには、赤々とした見慣れない液体が、水たまりのようにゆっくりと広がっていた。

そしてその赤い液体は、どうやら俺の体からだくだくと溢《あふ》れているらしかった。

おい……。嘘《うそ》だろ……。これ、まさか……全部俺の、血？

さっきから背中越《ご》しに伝わってきた生暖かい感触が、アスファルトの熱気ではなく、自分の血液だったと知ったその瞬間《しゅんかん》から、心臓はどくどくと悲鳴を上げた。

直後、襲《おそ》ってくる腹部への激痛。

喉《のど》からは意図せず情けない苦悶《くもん》の声が漏《も》れる。

ドタドタと足音が聞こえると、視界の両端《りょうたん》に綾乃《あやの》とみずきが現れた。二人とも、慌《あわ》てふためき、心配そうに俺を見下ろしている。

「幸太《こうた》！　しっかりしてよ！　幸太！」

「こうちゃん……？　嘘……でしょ？　こんな……。こんなことって……」

ぐにゃりと視界が歪《ゆが》む。

もうすぐ夏だというのに、寒気を感じる。

ちくしょう……。

どうして……。

どうして、こんなことに……。

薄《うす》れゆく意識の中、記憶《きおく》は数日前へとさかのぼる――

第一章『ホラーな彼女《かのじょ》と映画館』

「あら？　おはよう、幸太《こうた》。今日も奇遇《きぐう》ね」

早朝。家を出て少し歩き、隣家《りんか》の前までやってくると、そんな声と共に綾乃《あやの》が玄関扉《げんかんとびら》から姿を現し、何食わぬ様子で俺の横へと歩を揃《そろ》えた。

腰《こし》まで伸《の》びた黒髪《くろかみ》に、ツンと憂《うれ》いを含んだ鋭《するど》い目つき。

どこか子供っぽさが残る、ふっくらとしたピンクの唇《くちびる》。

全身から大人っぽさがにじみ出ていて、話しかけることさえためらわせる。いわゆる、『高嶺《たかね》の花《はな》』というワードがぴったりだと思う。

「……あぁ、おはよう綾乃。ほんと、今日も奇遇だな」

『奇遇』とは、思いがけず偶発的《ぐうはってき》に生じるめぐりあいを意味する。

つまりだ――

「《でへへ～。今日も早起きしてこうちゃんを待ち伏《ぶ》せしちゃった！　あぁ、もう！　幸せ過ぎてどうにかなっちゃいそう！》」

――これは奇遇などでは断じてない！

ある日俺は、トラックにはねられそうになっている白猫《しろねこ》を助け、その報酬《ほうしゅう》として『異性の心の声が聞こえるようになる』効果があるという飴玉《あめだま》を神様からもらい、読心能力を手に入れた。

しかしその能力には、まさかすぎる副作用があったのだ。

注意事項《じこう》その一、『使用者は愛の告白をされると死ぬ』

注意事項その二、『この能力は現在通っている学校を卒業するまで消えない。中退、および転校すると死ぬ』

注意事項その三、『この能力のことを無関係の人間に知られると死ぬ』

注意事項その四、『使用者に対する異性の好感度を急激に低下させて負の感情を肥大化させると、比例して心の声が増大し、使用者に頭痛を生じさせる。悪化すれば死ぬ』

注意事項その五、『愛の告白をされる際、約十秒前からカウントダウンが行われる』

何度思い返しても馬鹿《ばか》げた注意事項ばかりだが、残念ながらこれが現実なのだ。

さらに俺の目の前には、俺のことが好きすぎて頭のネジが外れている幼馴染《おさななじみ》、夢見《ゆめみ》ヶ《が》崎《さき》綾乃がいる。

いつも通りハイテンションな綾乃の心の声に、半ば呆《あき》れた視線を送っていると、綾乃は訝《いぶか》しげな表情を浮かべた。

「幸太？　そんなにじっと見つめてどうかしたの？」

「あ、いや、その――」

「《きゃあああああ！　こうちゃんの瞳《ひとみ》すっごいキレイ！　むふふ！　昔っからこのつぶらでまっすぐな目が好きなんだよねー！　生まれ変わったらこうちゃんの眼球になりたい！》」

この前、綾乃から告白されそうになり、間一髪《かんいっぱつ》でそれを回避《かいひ》したものの、花江《はなえ》さんとの問題を解決するために上げ過ぎた好感度は収まる気配を見せず、今や俺が何をしようと綾乃の俺に対する好感度はうなぎのぼりだった。

「――べ、別になんでもない」

「そう？　しっかりしなさいよね。ぼうっとしてると転ぶわよ《こうちゃん大好き！　ぎゅってしたい！》」

「あ、あぁ、気をつけるよ……」

やっぱりこの状況《じょうきょう》ってまずい、よな……。

いや、まぁ……正直ちょっと嬉《うれ》しいけど……。

◇　◇　◇

電車に乗り込み、椅子《いす》に腰かけて一息つくと、同じく横にちょこんと座《すわ》っている綾乃がチラチラとこちらを盗《ぬす》み見ているのに気がついた。

「なんだよ。綾乃だって俺のこと見てるじゃねぇか」

「は、はぁっ!?　みみみ、見てないわよ！　《はわわわ！　こっそり様子をうかがってたのバレちゃった！》」

「えー。今完全に見てたじゃん」

「見てない！　断じて見てない！　ば、馬鹿なこと言わないでよ！」

動揺《どうよう》してる綾乃って、ちょっとかわいいんだよな……。

指摘《してき》された綾乃は、ふぅと小さなため息を吐《つ》きながら居住まいを正し、正面へ向き直った。

けれどやはりちらっとこちらを一瞥《いちべつ》し、目が合うとすぐにそれを隠《かく》そうと逆方向へと首を曲げた。

絶対なにかあるだろ……。

綾乃は相変わらずそっぽを向いたままだったが、その心の声は俺の耳にしっかりと届いた。

「《うぅ……。や、やっぱり、こうちゃんを映画に誘《さそ》うなんて無理だよぉ……》」

映画？　綾乃って映画とか好きだったっけ？

「《再子《さいこ》さんから新作を書けって急《せ》かされてるんだけど、私、こうちゃんとの妄想《もうそう》しか書けないし……。あのネタ帳に書いてた妄想だけじゃちょっと力不足なんだよね……。やっぱりここは、実際のこうちゃんと……デ……デデデ……デートをして！　より良い妄想へと昇華《しょうか》させないと！　……と、思って映画に誘いたいんだけど、やっぱり勇気が出ないよぉ……。私の意気地《いくじ》なしぃ……》」

うっ……。あのネタ帳を見た時の衝撃《しょうげき》を思い出して頭痛が……。

けど、ここは綾乃の意気地のなさに救われたな。これ以上綾乃の好感度を上げるわけにはいかんし。

いい感じの恋愛《れんあい》映画を観《み》た後、近くの喫茶店《きっさてん》で感想を言い合って、そこで注文したケーキを食べてたら、綾乃が恥《は》ずかしそうに「それ、一口だけなら食べてあげるわよ」とか言ってきて、俺もしぶしぶそれに応《こた》えてケーキを一欠け、あーんして、綾乃が恥ずかしそうに「……おいしい」なんていちゃいちゃ展開になるのは目に見えてるからな。

うん……。だから……。たとえ映画に誘われても、俺はそのあとの喫茶店でケーキなんて注文したりしないぞ！

……はっ！　違《ちが》う違う！　だから映画自体誘われても行っちゃだめなんだって！

あわよくば綾乃と映画デートを楽しみたいと思っていた甘《あま》い考えを払拭《ふっしょく》するように、俺はぶんぶんと頭を振《ふ》った。

そんな時、不意に頭上から声をかけられた。

「おはよう、二人とも！　今日も一緒《いっしょ》に来たの？　仲いいね！　さっすが幼馴染！」

見上げると、にこにこと天使のような笑《え》みを浮かべたみずきの姿があった。

色素の薄い髪《かみ》をショートに切りそろえて、溌剌《はつらつ》としたくりっと大きな瞳をしている。

どこからどう見ても天使にしか見えないみずきだが、その実態はれっきとした人間で、さらには男子生徒の服に身を包んではいるが、正真正銘《しょうしんしょうめい》の女子である。

詳《くわ》しい事情は知らないが、みずきは男装することを強要されており、その正体がバレるとどこぞのお嬢様《じょうさま》学校に転校させられてしまうらしい。

みずきとは一年生の頃《ころ》から交友があり、俺の唯一《ゆいいつ》の友達だった。

そのみずきが女子だと知った時には驚《おどろ》いたが、元々馬が合うし、今もなんとか問題なくやれている。

「うっす。お前はいっつも楽しそうだな」

「幸太みたいにムスッとしてるよりはマシだと思うけど……」

そりゃそうだ、と返す言葉を失っていると、みずきは駄々《だだ》っ子のように言った。

「ねーねー。放課後どっか遊びに行こうよー。最近幸太、誘っても全然来てくれなかったしぃ」

そういや、綾乃の件でバタバタしててみずきにはあまりかまってやれてなかったな……。

「そうだな。またカラオケでも行くか」

「カラオケもいいけど、たまには違う遊びもしてみたいなぁ」

「へぇ。たとえば？」

「うーん……」

眉《まゆ》をひそめ、唸《うな》り声《ごえ》を上げて考えを巡《めぐ》らせているみずきに、それまで静かに横に座っていた綾乃が、ここぞとばかりに口をはさんだ。

「なら、映画とかどうかしら？」


こ、こいつ、ぶっこんできやがった！

自分から誘うのが恥ずかしいからって、みずきに提案する形でぶっこんできやがった！


綾乃の提案に、みずきははっと目を見開く。

「映画いいねぇ！　じゃあ、今日の放課後にでも三人で行こうよ！　今ってどんな映画やってるのかなぁ？」

綾乃の顔を見ると、ずる賢《がしこ》い顔でニヤリと口角を上げている。

「《ふふふ！　今のは完全に自然な流れだったわ！　我ながらパーフェクト！　……本当はこうちゃんと二人きりで行きたかったけど、背に腹は代えられないわ》」

俺の返答は待たず、すでにみずきと綾乃は放課後に観に行く映画の内容についてあぁだこうだ話し始めている。

ぐぬぬ……。もう断れる雰囲気《ふんいき》じゃないし、行くしかないか……。

だが綾乃よ。俺のことを見くびってもらっちゃあ困るぜ。こちとらもう何度も死線をくぐってきてるんだ。このままやられっぱなしで終わると思うなよ。

みずきは自分のスマホに目を落としながら、

「ボクはアニメ映画が観たいなぁ。ほら、ガブリの最新作が今ちょうど上映中みたいだし」

次いで、綾乃は不満そうに反論した。

「私は恋愛映画が観たいわ。小説原作の、今人気のやつ《恋愛映画を観て、さっさと西園寺《さいおんじ》君にはお帰りいただいて、そのあとはこうちゃんと二人っきりで喫茶店デート！　むふふ……。そこでケーキの食べさせあいっことかしちゃったりして！》」

俺と同じ妄想をするな！

綾乃の計画などつゆ知らず、みずきは、ふーん、と頷《うなず》いた。

「恋愛映画かぁ。まぁ、ボクはそれでも別に――」

と、話がまとまりかけた時、俺はぐいっと身を乗り出し、二人に提案した。

「俺は断然ホラー映画がいい！」

その言葉を聞き、綾乃はあからさまにひくっと頬《ほお》を吊《つ》り上げた。

その反応に、俺は内心でほくそ笑む。

綾乃は平静を装って、

「ホ、ホラー映画？　そんなのまた別の機会に観ればいいじゃない。やっぱり今話題になってる映画を観る方が無難でしょ？」

「今上映中の『屍《しかばね》バンザイ』って映画は、ホラー好きの間ではかなり話題になってる作品なんだ。ホラー好きの俺としては絶対にこの映画は外せないな」

「な、なんて味もそっけもないタイトルなの……」

綾乃は口ごもり、

「《ホラー映画なんて絶対ダメ！　いい雰囲気になって喫茶店であーんするどころか、テンションがた落ちで『今日は疲《つか》れたし帰ろっか……』みたいな感じで即《そく》解散しちゃうに決まってるもん！》」

くくく。その通り。いくら綾乃が万年頭の中お花畑の恋愛脳であろうと、B級ホラー映画のインパクトをもってすれば、否応《いやおう》なしに喫茶店であーんなんてしようとは思えなくなるはず。

さらば！　喫茶店であーん！

……いや、全然ちっとも惜《お》しくないし。

今までの俺が甘すぎたんだ。これくらいのカウンターで綾乃の俺に対する好感度を多少なりともコントロールしなければ。

俺と綾乃の心の葛藤《かっとう》などつゆ知らず、みずきはこてんと首を傾《かし》げた。

「じゃあ、ホラーにする？」

色素の薄いショートヘアーがふわっと揺《ゆ》れると、車窓から差し込む陽の光がまるで後光のように輝《かがや》いて見えた。

あいかわらずかわいいなぁ……。

綾乃は平静を装い、淡々《たんたん》と続ける。

「待ちなさい。やはりここはそう簡単に折れるわけにはいかないわ」

「じゃあ、やっぱり恋愛映画にする？　ボクはどっちでもいいけど」

「そうね。三人もいるのだから、一般的《いっぱんてき》に鑑《かんが》みて、より大衆的な映画を選択《せんたく》すべきだわ」

綾乃がホラー映画を観るのに反対することは初めから想定済みだ。

だが、こっちはまだ奥の手《て》がある……。

一息置いて、俺は綾乃の提案に渋々《しぶしぶ》といった風を装い、ため息交じりに新たな提案をした。

「はぁ……。わかったよ。そこまで言うならジャンケンで決めようじゃないか」

「ジャンケン？　……そうね。それが最も合理的な解決方法ね《ジャンケンなら確率は五分と五分……。けれど、昔からこうちゃんはここぞという時にチョキを出す癖《くせ》がある！　つまり実質、ジャンケンは圧倒的《あっとうてき》に私が有利！》」

「よし。じゃあいくぞ。最初はグー。ジャンケン――」

手を出す瞬間、綾乃が一瞬《いっしゅん》、勝ちを確信してほくそ笑むのがわかった。

「《これで、恋愛映画に決ま――んなっ⁉》」

しかし次の瞬間、綾乃は俺と自分の手を見比べ、はっと目を見開いた。

出されている手は、綾乃の方はグー。俺の方はパーだった。

「そ、そんな馬鹿なっ⁉　私が負けた⁉」

残念だったな、綾乃よ。俺は昔の俺じゃない。

今の俺は、『異性の心の声が聞こえる』という能力を備えてるんだ。

つまり、異性である綾乃とのジャンケン勝負において、俺に敗北の二文字など存在しない！

俺はジャンケンに勝利したパーを見せつけながら、

「よっし。じゃあ俺の勝ちだから、今日観る映画はホラーで決定な」

「……はぁ。わかったわよ。好きにしなさい」

こうして、なんとか恋愛映画を回避し、放課後は三人でホラー映画を鑑賞《かんしょう》する手はずとなった。

それにしても……『屍バンザイ』ってタイトル、マジでつまらなそうだな……。

◇　◇　◇

放課後。俺たちは予定通り、映画館までやってきた。

ガヤガヤとした人混《ひとご》みには、俺たちと同じく制服姿の者も多くいたが、目的の『屍バンザイ』が上映しているシアターに入ると、そこは驚くほど閑散《かんさん》としていた。

綾乃が呆れたように言う。

「なにがホラー好きの間で話題になってる、よ。全然人入ってないじゃない」

「あ、あはは……。きっとたまただって、たまたま」

あの時は勢いに任せて話題になってるって言ったけど、実は全然知らないんだよなぁ……。

けど、これだけ人が少ないってことは内容はたかが知れてるだろうし、この映画を観た後に綾乃が期待するような雰囲気にならないことは間違《まちが》いなさそうだな。

後ろで少し遅《おく》れてやってきたみずきが、両手に大きなポップコーンの容器を抱《かか》え、楽しそうに声をのばした。

「ボクLLサイズのポップコーン買ってきちゃった！　二人も一緒に食べようよ！」

「おっ。キャラメル味か？」

「ううん。納豆青汁味《なっとうあおじる》だって！　なんかこれ、売店のお姉さんがすっごい必死で売り込みしてたんだよ！　きっと人気メニューなんだね！」

それって売れ残りを押《お》しつけられただけなのでは……？

つーか納豆青汁味なんて聞いたことねぇぞ……。

すかさず、綾乃が吐き捨てる。

「私は遠慮《えんりょ》するわ。アイスティーを買っておいたから」

「お、俺も……。コーラを買ったから別にいいかな」

「えー！　なんでさ！　一緒に食べようよ！」

明らかに食欲を損《そこ》なうどんよりとした緑色のポップコーンを抱えたみずきを他所《よそ》に、俺と綾乃はそそくさと席へと歩を進めた。

◇　◇　◇

俺を真ん中に、右に綾乃、左にみずきが座る。

ＬＬサイズのポップコーンを抱えたみずきが、おもちゃ箱を前にした子どものように足をバタバタさせている。

「いやぁ、映画なんて久しぶりだなぁ！　楽しみ！」

ま、たしかにどんなＢ級映画でも、映画館で観ると迫力《はくりょく》があってそれなりに楽しめるよな。

それに、さすがにホラー映画を観ながら綾乃の好感度が上がるようなことは起きないだろうし、ここは俺もゆっくり楽しむとするか。

ふとみずきと反対方向に座る綾乃に目をやると、ホラー映画を観るのが余程《よほど》気に食わなかったのか、どこかふてくされたようにむっと頬を膨《ふく》らませていた。

「《せっかくこうちゃんとデートの雰囲気を楽しもうと思ったのに、どうしてホラーなんか……。あ、でも、ホラー映画のびっくりするシーンで、『きゃ、こわーい！』とか言ってわざとこうちゃんの腕《うで》を掴《つか》んだり……なんて無理か。私がこういう系でそんなに驚かないって、こうちゃんは知ってるしね。……そ、そもそも、腕掴むとか恥ずかしくてできないし……》」

よしよし。概《おおむ》ね予想通りの反応だな。

……万が一腕を掴まれたら寝《ね》たふりをしてやりすごそう。うん。あんまり無理に拒絶《きょぜつ》するのも逆効果だしな。

「あっ！　やっぱりこのポップコーンすっごくおいしいよ！」

「なんだみずき、ほんとにそれ食ったのか？」

「食べるよ！　あたりまえでしょ！」

「無理せず残してもいいんだぞ？」

「無理なんかしてないよ！　ほらっ！　幸太も食べてみなよ！」

みずきはそうまくしたてると、ポップコーンを一つつまみ、俺の口へ無理やり押し込んだ。

口の中にどこか納豆《なっとう》の粘《ねば》り気《け》を彷彿《ほうふつ》とさせる食感が広がり、さらに青汁《あおじる》の苦みが喉に絡《から》みついて不快感を増幅《ぞうふく》させる。

「……まっず」

「うそっ⁉　おいしいって！」

「いや、普通《ふつう》にまずいんだけど……」

「えー……。そうかなぁ……」

しゅんと落ち込むみずきに、なにか悪いことをしたような気分になっていると、今の様子を見ていた綾乃の心の声が一気に流れ込んできた。

「《ず、ずるい！　私を差し置いてこうちゃんにあーんするだなんて！　いくら西園寺くんが男だからって許されることじゃない！　私だってこうちゃんにあーんしたいのに！》」

嫉妬《しっと》してらっしゃる……。

「《そ、そうだ！　こうちゃんにあーんするのは無理でも、この方法なら……》」

綾乃は、こほん、と喉を鳴らすと、みずきに向き直り、

「ねぇ、西園寺くん。それ、私にも一つくれないかしら？」

みずきは目を丸くして、

「えっ⁉　夢見ヶ崎さんも食べたいの⁉　どうぞどうぞ！　とってもおいしいよ！」

そう言ってポップコーンの容器を差し出したみずきだったが、綾乃はそれには手を伸ばさず、俺の方を見てこう言った。

「幸太。悪いけど、ポップコーンを一つ取ってくれないかしら？　ここからだと少し遠い

のよ《ふっふっふ。そしてそのまま無意識に私にあーんするといいわ！　こっちはすでに、ぱっくり食べる準備は万端《ばんたん》よ！》」

やることがこすい……。

俺は言われるがまま、ポップコーンを一つつまみ、やや頬を紅潮させてあーんを期待している綾乃の手を取り、そこにぽんとポップコーンをのせた。

「はい、どーぞ」

綾乃は手のひらに置かれたポップコーンを見ると、「……むー」と小さく唸り声を上げ、乱暴にポップコーンを口の中へ放《ほう》り込んだ。

みずきがきらきらした視線で綾乃を見やる。

「ねぇねぇ、夢見ヶ崎さん！　とってもおいしいでしょ！」

「単刀直入に言って反吐《へど》が出そうな味ね」

「そんなに⁉」

うまくいかないからってみずきに当たってやるなよ……。

いや、たしかにそれめっちゃまずいけどさ……。

◇　◇　◇

場内が暗転し、スクリーンに映し出されたのは、紛《まご》うことなきB級映画であった。

ありふれたゾンビ物で、ちゃちなセットに棒読みの吹《ふ》き替《か》え。さらには五分おきにピンク色の血液がこれでもかというほどにサービスされる。

予想の遥《はる》か上を行くつまらなさだ……。

こういう映画って逆にあとで感想言い合うと楽しいんだよなぁ……。

ま、いい雰囲気には絶対にならないからいいか。

グロテスクなシーンも多く、みずきが嫌《いや》がっていないかこっそりと視線を送ると、みずきはパクパクとポップコーンを頬張《ほおば》りながら、

「《わぁ！　なんだかよくわからないけど派手で楽しいなぁ！　最近はこういうのが流行《はや》ってるんだぁ！》」

意外と受け入れてやがる……。

じゃあ、綾乃は……？

綾乃の方を見ると、真剣《しんけん》な眼差《まなざ》しをスクリーンに向けて、

「《この映画、主人公の目的意識がはっきりしてないわね。ゾンビから逃《に》げたいの？　それともヒロインといちゃいちゃしたいの？　どっち？　ストーリーの方向性がはっきりし

てないと観客は置き去りじゃない。せっかくゾンビと対決するシーンは派手なんだから、ヒロインなんてさっさと退場させてそっちに集中させるべきよ》」

綾乃さん、そう言えば小説家でしたね……。忘れてました。

やっぱり作り手としてはそういう細かい点が気になるのか？

けどこの映画、そんなに真剣に観る必要ないと思うよ？

「《あっ！　ヒロインが死んだわ！　ふふふ。どうやらここからが本番というわけね。おもしろくなってきたじゃない》」

え⁉　ヒロイン死んだの⁉　マジかよ⁉

綾乃の心の声に気を取られて見逃《みのが》したぁ……。

あ、でもまだゾンビに食べられてるところだ。よかったぁ。

そのあとも物語は進んで行き、主人公陣営《じんえい》のほとんどがゾンビになった頃、事件は起きた。

「《……ど、どうしよう……》」

綾乃のそんな心の声がポツリと聞こえてきたので、どうしたのかととなりに目をやったところ、綾乃は暗闇《くらやみ》でもはっきりとわかるくらい頬を赤らめて、飲み物の容器を手に持っていた。

なんだ……？　トイレか……？

「《うぅ……バレてないよね？　バレてないよね？》」

バレてない？　なにが？

「《ま、間違えてこうちゃんのコーラ飲んじゃったの、バレてないよね……》」

その手に持ってるの俺のコーラかよ！

「《どうしよう！　こうちゃんと間接キスしちゃったよぉ！》」

もういいからさっさと返せよ！　気づいてないフリするから！

「《……こうちゃん、こっち見てないよね？》」

見てなくても心の声が聞こえてんだよ……。

「《だったら、もうちょっとだけ……》」

え……？

「《わっ！　シュワッとする！　シュワッとするよぉ！》」

なに飲んでんだ！

「《はわわわわ。これがこうちゃんの味かぁ》」

コーラの味だよ！

「《……こうちゃんって、意外と刺激《しげき》的《てき》な味なんだなぁ》」

コーラの味だっつってんだろ！

綾乃め……。人が気づいてないと思ってやりたい放題しやがって……。

「《炭酸って普段《ふだん》あまり飲まないけど、結構おいしいかも。それともこうちゃんが飲んでたコーラだからこんなにおいしいのかな？》」

メーカーの企業《きぎょう》努力だよ！

「《……うん。やっぱりおいしい》」

飲むな！

「《あ、そうだ。私のアイスティーとストローだけ交換《こうかん》して、あとでこっそりこうちゃんのストローを回収しようかな》」

やめろ！

「《……う～ん、でも、それはさすがにやりすぎかなぁ。バレたらこうちゃんに嫌《きら》われそうだし》」

よしよし。いい子だ。

そしてそのまま俺《おれ》のコーラをホルダーに返すんだ。

「《だけど、もう一口だけ……》」

おい！

「《……あっ！》」

……どうした？

「《全部飲んじゃった……》」

馬鹿か！

「《どうしよう……。これだとさすがにこうちゃんにばれちゃうよぉ……》」

もういいよ！　気づかないフリするから元の場所に戻《もど》せって！

「《そうだ！　私のアイスティーを代わりに置いとけば気づかれないかも！》」

そっちの方が気づくだろ！　俺をなんだと思ってるんだ！

そして綾乃はあろうことか、本当に俺のドリンクホルダーに自分のアイスティーを置いてしまった。

「《こうちゃんって鈍感《どんかん》だから絶対気づかないだろうなぁ。きっとアイスティー飲んでも、あれ、炭酸抜《ぬ》けた？　とかそのくらいにしか思わないだろうし》」

いや、もう全部知ってるから……。

「《で、でも、バレないのは当然としても、飲み物を交換してお互《たが》いに間接キスするって、なんだか恋人《こいびと》同士みたいでちょっと恥ずかしいかも》」

そんなこと言われたらこっちも意識しちゃって飲めなくなるだろ……。

もうすぐ映画も終わりだし、そのまま外に行って捨ててしまおう。

……ちょっともったいない気もするけど。

「《……こうちゃん、もうすぐ飲むかな？》」

だから飲まねぇって。

「《こうちゃんが私と間接キスするところは見逃せないよね！》」

映画を観ろ、映画を。

「《まだかなー。まだかなー》」

……いや、だから俺は……。

「《ふふふ。もうすぐかなぁ？　楽しみだなぁ》」

…………そ、そんなこと言われても……。

「《……あれ？　こうちゃん、もしかして飲まないの？　……あれ？》」

……………。

ズズズ。

「《わぁ！　飲んだぁ！　こうちゃんも私と間接キスだぁ！　そしてやっぱり中身が変わっ

てるのに気づいてなぁい！　ふふふ。こうちゃんはこういう鈍感なところもかわいいなぁ》」

……べ、別にお前のために飲んだわけじゃねぇし。

ちょっと喉《のど》が渇《かわ》いてただけだし……。ほんともう、それだけだし……。

うぅ……。せっかくホラー映画を選んで好感度が上がらないようにしてたのに……。綾乃、めっちゃ楽しそうじゃん……。

そうしてようやく映画が終わり、エンドロールが流れ、場内はパッと明るさを取り戻した。

綾乃は満足そうに言う。

「意外とおもしろかったわね、この映画。いろいろぶっ飛んでて」

「あぁ……そうだな」

けど、なんかどっと疲れたな……。

みずきが空になったLLサイズのポップコーンの容器を見せて、

「ほら！　おいしくて全部食べちゃった！」

こいつはほんと、いっつも幸せそうで羨《うらや》ましいなぁ……。

◇　◇　◇

映画を見終わったあとのロビー。

大迫力《だいはくりょく》の音響《おんきょう》機器に耳をやられ、鼓膜《こまく》がジンジンと痺《しび》れる感覚を覚えながら、二人の顔色を窺《うかが》った。

「あの映画、そこそこ長くて疲れたな」

「そうだねー。今日はもうこのまま解散しようか」

そうみずきが答えると、綾乃は一瞬不満そうに眉をひそめたが、すぐにうんと背を伸《の》ばし、

「そうね。そうしましょうか《本当はこのあとこうちゃんと喫茶店に行ってあーんをしてもらう予定だったけど――》」

そんな予定はない。

「《――もうこうちゃんからもらったコーラでお腹《なか》も胸もいっぱいだよぉ。これは筆がはかどるぞぉ！》」

あげてない。

綾乃の自分勝手な解釈《かいしゃく》に呆れながらも、ふと尿意《にょうい》を覚えて足を止めた。

横を歩いていた綾乃が小首を傾げる。

「あら？　どうかしたの？」

「悪い。ちょっとトイレ行ってくる」

「あんなにアイスティーガブ飲みしたからじゃない？」

アイスティーに交換したのは秘密だろうが！

こんなところでボロ出してんじゃねぇよ！

俺は綾乃の失言には気づかないフリをして、

「悪い悪い。すぐ戻るから」

「はいはい。じゃ、ここで待ってるから早くしてよね」

当然のようにそう言った綾乃に、みずきが茶化《ちゃか》すように言う。

「二人って仲いいよねっ！　なんだか夫婦《ふうふ》みたい！」

「んなっ⁉」

みずきの軽口に意表を突《つ》かれたのか、綾乃はみるみる顔を赤らめ、キッとみずきを睨《にら》んだ。

「そんなんじゃないわよ！　幸太だけ一人置いていったらかわいそうでみじめだから、同情して一緒に帰ろうとしてるだけ！　変なこと言わないでよ！　そ、そもそも！　一緒に映画館に来たんだから一緒に帰るのは当然でしょ⁉」

「あはは。ごめんごめん。冗談《じょうだん》だよぉ」

もうっ、と濁《にご》す綾乃。どうやら二人の関係は、多少冗談を言い合えるほどにまではよくなっているらしい。

早く行け、と急かされる前に、足早に二人のもとを去り、トイレへと歩を進めると、突《とつ》如《じょ》、ロビーを行きかう人混みから女の声が届いた。

「《許さない……。夢見ヶ崎綾乃を、絶対に許さない……》」

その不穏《ふおん》な声に足を止め、周囲を見回すが、声の主らしき姿は見当たらない。

今の女の声はなんだ……？　やけに大きな声だったけど、俺以外に誰《だれ》も今の声に反応していないってことは、心の声で間違いないよな……？

心の声は、感情がこもっているほど大きくなる。

そして今の心の声の内容……。

『夢見ヶ崎綾乃を絶対に許さない』、だと？

もう一度ぐるっと周囲を見回すが、さっきの心の声はすでに聞こえなくなっており、やはり誰が発したのかはわからなかった。

第二章『多目的バケツとストーカー』

翌日、俺は昨日聞こえてきた女の声について相談しようと、学校へ行く前に神楽猫神社《かぐらねこじんじゃ》へやってきた。

あいかわらずとんと人の気配がなく、雑草だらけの境内《けいだい》の向こうにオンボロな拝殿《はいでん》があるだけだった。

ただのオンボロ神社と違う点と言えば、まったく手入れのされていない境内には、そこら中に野良猫《のらねこ》の姿があるということくらいだ。

いつも通り、猫姫様《ねこひめさま》に悪態をつかれないよう、お土産《みやげ》の入ったビニール袋《ぶくろ》を手に提《さ》げて境内へ足を踏《ふ》み入れると、俺の顔を覚えているのか、今までゴロゴロと暇《ひま》そうにしていた猫たちが一斉《いっせい》に足元に集まってきて、にゃあにゃあと鳴き声を上げた。

「なんだお前ら、お土産を分けてほしいのか？　しかたないなぁ」

そう言って、お土産を取り出そうとビニール袋の中に手を突っ込むと、バン、と拝殿の扉《とびら》が勢いよく開き、見るからに怒《いか》り心頭の猫姫様が姿を現した。

猫姫様は俺の足元に集まった猫たちを睨むと、大声で一喝《いっかつ》する。

「お前らぁ！　お土産はわしが一番にもらうと言っておるじゃろうが！」

あいかわらずちっせぇなぁ、この神様……。

「だ、大丈夫《だいじょうぶ》ですよ、猫姫様。今日はたくさん持ってきたので……」

「お前もお前じゃ！　わしへのお土産を、なに当然のようにそこらの猫共にあげようとしとるんじゃ、ぼけぇ！　行け、白夜《びゃくや》！　懲《こ》らしめてやるんじゃ！」

猫姫様がビシッと俺を指さすと、どこからともなく白猫の白夜が駆《か》け出し、俺の胸に猛《もう》スピードで突っ込んできた。

「おっと」

咄嗟《とっさ》に胸に飛び込んできた白夜を両手で抱えると、白夜は、にゃあ、と甘《あま》ったるい声を漏《も》らし、俺にぐしぐしと頭をこすりつけてきた。

その様子に、猫姫様は一層苛立《いらだ》ったように、

「なに懐《なつ》いとるんじゃ！　噛《か》め！　喉元《のどもと》に食《く》らいつけ！」

「白夜はそんなことしません……」

その後、お決まりのち〇～るを猫姫様と猫たちに与《あた》えると、ようやく場は静かになった。

猫姫様は神社の縁側《えんがわ》に座《すわ》り、幸せそうにぺろぺろとち〇～るを舐《な》めている。

「むふふ。これじゃこれじゃ。むは～。たまらん」

「……あの、そろそろいいですか？」

「む？　なんじゃ、幸太《こうた》。まだおったのか。もう帰ってよいぞ？」

よし。次回はお土産なしだ。

「いやいや、今日はちょっと相談したいことがあってきたんですよ」

そう言うと、猫姫様はどこか自慢《じまん》げに胸を張った。

「むむむ。神であるわしに相談とな？　ふ～む。わしもそこまで暇ではないが、まぁ、お前の頼《たの》みとあらば聞いてやらんでもないぞ？」

基本的にあんたのせいで大変なことになってるんだけどな。

ま、機嫌《きげん》いいなら適当におだてて使ってやるか。

「む？　なんじゃ？　お前今、とてつもなくわしに失礼なことを考えやせんかったか？」

「まさか！　俺はいつでも、猫姫様のこと信じてますから！」

「ならばよし！」

ちょろいなぁ、この神様。

こんなだから騙《だま》されて変なもの買わされるんだなぁ。

「それで本題なんですが、実は昨日、映画館で奇妙《きみょう》な声を聞いたんです」

「奇妙な声じゃと？」

「はい。……というか、俺の行動って猫姫様が持ってる水晶玉《すいしょうだま》で確認《かくにん》できるんですよね？　だったら説明しなくてもわかるのでは……？」

「あれは飽《あ》きたからもう見とらん。最近は白夜がぺしぺし叩《たた》いて遊んでおったぞ？」

いや、しっかり見守ってろよ。

俺になにかあったらどうすんだ。

喉元まで出かかった抗議《こうぎ》の言葉を飲み込み、

「へ、へぇ。そうなんですか」

「それで、奇妙な声とはなんぞや？」

「なんか、綾乃《あやの》に対して敵愾心《てきがいしん》がこもった……というか、明らかに悪意がこもったような声が聞こえたんです」

「ま、そういうこともあるじゃろうな。人間には、『可愛《かわい》さあまって憎《にく》さ百倍』という言葉があるくらいじゃ。どのような善人でさえ、悪意の矛先《ほこさき》を向けられる可能性はあるというわけじゃ」

「……まぁ、そうなんですけど」

「その綾乃というおなごに直接聞けばなにかわかるんではないのか？」

「聞けませんよ、そんなこと！」

「何故《なぜ》じゃ？」

「いや、だって……誰かに憎まれてるかもしれない、なんて伝えたら、綾乃、気にするかもしれませんし……」

「お？　なんじゃ？　わしに惚気《のろけ》を聞かせる気か？　あまり調子に乗ってると埋《う》めてしまうぞ？」

こっわ……。

「別にそういうわけじゃないですって……。ただ、できれば綾乃に直接相談することは避《さ》けたいんです」

「……ま、いいじゃろう。不本意ながら、わしはお前を手助けする義務がある。ならばその悩《なや》み、神であるわしが見事解決してみせようぞ」

「そんなことできるんですか？」

「まぁ、見ておれ」

猫姫様は食べ終えたち〇～るの袋を懐《ふところ》へしまうと、すくっと縁側から降り立ち、すぅと大きく息を吸ってから、パン、と一つ柏手《かしわで》を打った。

猫姫様の合わさった両手を中心に、まるで波紋《はもん》のような揺らめきが生じ、周囲へと拡散していく。その柏手が生じさせたあまりの音の大きさに、俺は咄嗟に両耳を塞《ふさ》いでしまった。

同時に、それまでごろごろしたり、俺のお土産を堪能《たんのう》していた猫たちが一斉に猫姫様の目の前へと集合した。

柏手の音は神社の外へも届いていたらしく、その後もどこからともなく野良猫たちが集まり、神社の境内はあっという間に猫で埋め尽《つ》くされてしまった。

その壮観《そうかん》さに、思わず感嘆《かんたん》の言葉が漏れる。

「す、すげぇ……」

猫姫様は、ふふん、と鼻を鳴らし、

「これだけの猫共を使えば、お前が言っておった不穏な心の声の持ち主もすぐに見つけ出すことができるじゃろう。どうじゃ、わしの力は！　あっはっは！　頭《こうべ》を垂れて敬うがよい！」

猫姫様は、腐《くさ》ってもやっぱり神様なんだな……。

これだけの数の猫が情報を集めれば、きっとあっという間に例の心の声の持ち主を特定できるに違《ちが》いない……。

「ありがとうございます、猫姫様！　やっぱり猫姫様も立派な神様なんですね！」

「ふっふっふ。みなまで言うな、みなまで言うな」

「ただ悪態ついて寝っ転《ころ》がって、自分の失敗を他人に押しつけようとする役立たずじゃなかったんですね！」

「そんな風に思っとったんかい……」

「けど見直しました！　さすが神様！　猫姫様！」

「……むふふ。まぁよいじゃろう」

猫姫様は、こほん、と喉の調子を整えると、改めて猫たちに向き直り、

「では猫共よ！　これより、夢見《ゆめみ》ケ《が》崎《さき》綾乃なるおなごに悪意を持った不届き者の一斉捜索《いっせいそうさく》に入る！　怪《あや》しい人物がいれば片《かた》っ端《ぱし》からわしに報告せい！　どんな些《さ》細《さい》な情報でもよい！　それらしい者を見つけた猫には特別に恩赦《おんしゃ》を与える！　せいぜいわしの役に立つがよい！」

そこらじゅうから、にゃあにゃあと猫の鳴き声が聞こえる中、一匹《いっぴき》の猫が少し遅れて境内へと立ち入り、一層大きな声で、にゃあ、と猫姫様になにかを訴《うった》えた。

その猫の登場に、周囲がピタリと静かになる。

なんだ？　あの猫がなにか言ったのか？

「猫姫様？　どうかしましたか？」

猫姫様はわなわなと震《ふる》えながら、遅れてやってきた猫に問いかける。

「……お前、今の話は本当か？」

遅れてやってきた猫が、必死な様子でにゃあにゃあとなにかを説明している。

猫姫様は猫の話を聞き終えると、小さな声で「わかった……」と呟《つぶや》き、改めて集まった猫たちに視線を向けた。

「お前らぁ！　さっきの命令は取り消しじゃ！」

「ええ!?　猫姫様!?　なんで取り消しなんて――」

俺の言葉を無視し、猫姫様は興奮した様子で続ける。

「たった今、隣町《となりまち》の神社に賽銭泥棒《さいせんどろぼう》が出たという情報が入った！　誰でもいい！　そやつを見つけ出せ！」

「「「にゃあ！」」」

「神の金に手をつけた愚《おろ》か者《もの》に粛清《しゆくせい》を！」

「「「にゃあ！」」」

「神罰《しんばつ》を恐《おそ》れぬ不届き者に鉄槌《てつつい》を！」

「「「にゃあ！」」」

「行け、猫共よ！　必ず犯人を見つけ出すんじゃ！」

「「「にゃあ！」」」

猫姫様の号令に従い、集まっていた猫たちは一匹残らず神社から出て行ってしまった。

ぽつんと残された俺は、改めて猫姫様に向き直った。

「……あの、猫姫様。俺の相談はどうなりましたか？」

猫姫様はじとりと俺を睨むと、清々《すがすが》しいまでにはっきりと言い放った。

「自分でどうにかせい！」

「あ、はい……」

少しでも猫姫様のことを見直した俺が馬鹿《ばか》だった……。

◇　◇　◇

神楽猫神社をあとにした俺は、足早に学校へ出向き、教室に到着《とうちゃく》した頃《ころ》にはすでにホームルーム開始ギリギリの時間だった。

なんとか間に合ったな……。遅れたらまた雨宮《あまみや》先生にどやされかねないし……。

自分の席に行くと、前に座るみずきが、「雨宮先生がまだでよかったね」、と茶化すように小声で言った。

「だな」

と軽く返事をし、横に座っている綾乃の顔色をうかがうと、ぴたりと目が合い、「なによ」と凄《すご》まれた。

「べ、別になんでもねぇよ」

そう返して椅子《いす》に座るも、綾乃の心の声が耳に届く。

「《あっれぇ～？　今日もこうちゃん待ってたんだけど、全然来ないからてっきり先に行っちゃったと思ってたのに……。おっかしぃな》」

綾乃に見つからないよう、俺はわざわざ迂回《うかい》して学校に行ったんだよ。

猫姫様のとこに行くのに、ついてこられたらいろいろ面倒《めんどう》だからな。

そういや、猫姫様の姿って他人からでも普通に見えるものなのか？

「《うぅ……。今日は一緒《いっしょ》に登校できなかったから、こうちゃん成分が足りなくてつらいよぉ……。なにか適当にいちゃもんつけておしゃべりしちゃおうかなぁ。まだまだネタが欲《ほ》しいし！》」

チンピラかよ！

普通に話しかければいいじゃねぇか……。

　そんなことを考えていると、猫姫様がぶっきらぼうに言った、『自分でどうにかせい！』という言葉を思い出した。

　誰かが綾乃に対して悪意を向けていることはまず間違《まちが》いない。

　そのことを直接綾乃に聞いて心配はかけたくない。けど、このまま放っておくわけにもいかないし……。

　遠回しにさぐってみるか……。

「なぁ、綾乃。ちょっと聞きたいことがあるんだけど……」

　話しかけると、綾乃はびくりと肩《かた》を震わせた。

「《はわわわわ！　こうちゃんの方から話しかけてきた！　これって私の想《おも》いが届いたってことでいいよねっ⁉　私とこうちゃんは将来結婚《けっこん》するってことでいいよねっ⁉》」

　ほぼ毎日話してんだろうが……。

　綾乃はさも平静を装い、髪《かみ》を耳にかけて面倒くさそうな素振《そぶ》りをして言った。

「はぁ……。なによ、朝から回りくどいわね。なにか言いたいことがあるならはっきり言えばいいじゃない《プロポーズ♪　はいっ♪　プロポーズ♪》」

　しねぇよ……。

「えっと、だな……。最近、なにか身の回りで、気づいたこととか変わったこととかってないか？」

「《変わったことって言うと、こうちゃんが最近になってシャンプーを変えたみたいだけど、もしかしてこうちゃん、そのことに気づいてほしくて遠回しに言ってきてるのかな？》」

うん。違うね。

つーかシャンプーの話なんか一度もお前にしたことねぇぞ。なんで変えたの知ってるんだよ。こえぇよ。

「《それともあれかしら？　私がストッキングをはいてる時、こうちゃんが私にバレないようにこっそりガン見してることかしら？　私も最近気づいたんだけど、こうちゃん絶対ストッキング大好きだと思うの。あれがバレてないか心配でさぐりを入れてるってことかしら？》」

それ絶対結奈《ゆな》には言わないでね？

お兄ちゃんの性癖《せいへき》で妹を悲しませたくないんだ。

これからはもっとバレないように見よう……。

綾乃はしばらく考えを巡《めぐ》らせたあと、あっ、と思い出したように言った。

「そういえば最近、誰かに後をつけられている気配がするのよ」

いや、自覚あるのかよ！

「それって、相手は誰とか心当たりはあるのか!?」

驚《おどろ》きのあまり、思わず声が大きくなってしまうと、綾乃は焦《あせ》ったように答えた。

「い、いや、たぶんただの気のせいだと思うし、そんな大げさなことじゃないわよ？」

「……その気配って、いつ頃《ごろ》からするようになったんだ？」

「え～っと……。たぶん、サイン会のあとからかな……」

サイン会……。

なるほどな。つまり綾乃をつけ狙《ねら》っている相手ってのは、サイン会で綾乃を目撃《もくげき》した誰かって可能性が高いのか。

そういえば、俺が聞いた綾乃をつけ狙う心の声は、若い女の声だったな。

綾乃の小説のファンはほとんどが若い女性。つまり、その中の誰かってことか……。

考えを巡らせていると、綾乃が心配そうに顔を覗《のぞ》き込んできた。

「ねぇ、幸太？　聞いてる？」

その顔の近さに、びくっと退きつつも、

「あっ、わ、悪い。なんだって？」

「なんだじゃないわよ。急にそんなこと聞いてどうかしたのって聞いたの。……もしかして、なにかあった？」

綾乃をつけ狙う心の声が聞こえた、なんて言えないよな。

けど、このまま下手に言い訳してごまかしても綾乃が危険だ……。

さて、どうしたものか……。

俺が言い淀《よど》んでいると、前の席に座っていたみずきがくるっとこちらを振《ふ》り返り、ピンと人差し指を立てて言った。

「それはきっと、夢見ヶ崎さんのストーカーだね！」

綾乃がきょとんとした顔でみずきを見やる。

「ス、ストーカー……？」

「そう！　一年生の頃からずっとストーカー被害《ひがい》に遭《あ》っていたボクが言うんだ！　間違いない！」

なんでちょっと威張《いば》ってんの？

あとその犯人お前の身内だったからね？

「ボクも一年生の頃はよく、顔も名前も知らない子に告白されて、それを断ったら陰口叩《かげぐちたた》かれたりしたし、きっとその類だよ！」

ストーカー、と言われてもピンと来ないのか、綾乃は不服そうに、

「……けど、私なんかにつきまとう人なんているのかしら？」

「甘い！　甘いよ、夢見ヶ崎さん！　夢見ヶ崎さんは自分の見た目をまったくわかってない！　その透《す》き通るような白い肌《はだ》！　流れるような黒髪《くろかみ》に、モデル顔負けのスタイル！　しかもピチピチの女子高生！　そんな子が突然《とつぜん》転入してきたものだから、他《ほか》のクラスでも夢見ヶ崎さんの話題で持ちきりなんだよ！　だからいつ誰にストーキングされてもおかしくないよ！」

綾乃は汚物《おぶつ》でも見るようにみずきを睨みつけた。

「気持ち悪い……」

「ボクを見て言わないでよ！」

女子同士の会話としては普通《ふつう》なんだろうけど、綾乃はみずきのことを男だと思ってるからな……。そりゃあ突然そんなこと言われたら気持ち悪いだろ……。

けど、ここはみずきを利用させてもらうとするか。

「実は、最近綾乃の様子がおかしくて、なにか変わったことがないか聞いたんだ」

綾乃は目を丸くして、

「え？　そうだったかしら？　あまり気にしていなかったのだけど……」

「おいおい。幼馴染《おさななじみ》の俺を舐めるなよ。綾乃のことなんていつでもお見通しだ」

「《こうちゃん大好き！》」

突然心の中で告白して話の腰《こし》を折るな。

あとそれ現実で言ったら俺死ぬからな。

「けど、綾乃がそんな事情だって知ったら、このまま放っておくわけにはいかないな」

「どうするの？」

問いかける綾乃に、俺はさも自信ありげに言った。

「俺はこう見えても、以前みずきにつきまとっていたストーカーを撃退《げきたい》したことがあるんだ。だから今回も俺がなんとかしてやるよ。そうだなぁ……。さしあたり、これからしばらくの間、放課後一緒に下校するってのはどうだ？」

「一緒に下校？　私と幸太が？」

「あぁ。夕方も最近は物騒《ぶっそう》だしな」

綾乃はごくりと喉を鳴らし、興奮したように頬《ほお》を赤く染めた。

「《い、一緒に下校⁉　そんなのもう夫婦じゃない！　え⁉　これ夢じゃないよね⁉　現実だよね⁉　やったぁぁぁぁ！　ふぅぅぅぅぅ！　こうちゃんと一緒！　こうちゃんと一緒！　……でもちょっと待って、ここで油断して喜んじゃうと、私がこうちゃんのこと大好きだってことがバレちゃう！　落ち着け私……。ここは冷静に……。冷静に……》」

綾乃は、ふぅ、と気を落ち着けるように一息をつくと、キッ、と俺を睨みつけ、

「しかたないわね。じゃあこれからしばらくの間幸太と一緒に帰ってあげるわ。ありがたく思いなさい」

と、虚勢《きょせい》を張ってはいるが、口元はヒクヒクと吊《つ》り上がっているし、目元もぎこちなく細くなっていて、見るからに嬉《うれ》しそうであった。

全然感情を殺せてないな……。もう少しがんばれよ……。

「よ、よし。じゃあ決まりだな」

「はぁ……。面倒ね《こうちゃんと一緒！　こうちゃんと一緒！　でへへ！》」

綾乃の気も知らず、みずきはにっこりと笑顔《えがお》を作って、

「そういうことならボクも一緒に帰るよ！　人数が多い方が安心でしょ！」

「ちっ」

「え⁉　今、舌打ち――」

「気のせいよ」

「そ、そう……？　《絶対舌打ちしてたって！　やっぱり夢見ヶ崎さん、ボクのこと嫌《きら》いなの⁉　最近結構仲良くなってきたと思ってたのに……》」

やっぱり相性《あいしょう》悪いのかなぁ、この二人……。

とりあえず綾乃と一緒にいる約束は取りつけたし、万が一ストーカーが綾乃になにかしようと考えていたとしても、第三者がいる環境《かんきょう》で迂闊《うかつ》なことはできまい。

……けど、念のため他の手も打っておくか。

◇　◇　◇

「トイレに行ってくる」と、一旦《いったん》教室から出ると、人通りの少ない階段脇《わき》でスマホを取り出した。

綾乃はサイン会の直後から、何者かにつけられている気配を感じると言っていた。なら、あの人に聞けばなにかわかるかもしれない。

スマホのスピーカーから数度の呼び出し音が鳴り、やがてそれは女性の声へと変わった。

『はい。ＮＪ文庫編集部、編集者の霧切《きりぎり》再子です』

「あ、再子さん、お久しぶりです。二武《にたけ》幸太です」

電話の相手は、綾乃の担当編集である霧切再子さんだった。

以前会った時、別《わか》れ際《ぎわ》に名刺《めいし》をもらっていたので、そこに書いてあった番号に電話をしたのだ。

再子さんは電話口の相手が俺《おれ》であることに気づくと、声のトーンが高くなった。

『あらっ。幸太くん、久しぶりね。どうかしたの？』

「お忙《いそが》しいところすいません。実はですね――」

と、すべての事情を説明し終えると、再子さんは唸《うな》るような声をのばした。

『綾乃のストーカー、ね……。わかったわ。こっちでも調べてみる。ちょっと心当たりもあるしね……』

「心当たり……？」

そう問いかけたが、電話の向こうでなにやら再子さんを呼ぶ声が聞こえると、再子さんは慌《あわ》てたようにまくしたてた。

『とにかく、連絡《れんらく》してくれてありがとう。またなにかわかったら教えるわ。じゃあね』

そう言うだけ言って、ピッ、と通話は強制終了《しゅうりょう》した。

編集者って忙しいんだなぁ……。

と、ちょうどスマホをポケットにしまった時、コツコツと階段を下って来る足音が近づいてきた。

見ると、それは担任の雨宮先生だった。

いつも通り黒のスーツを身にまとい、クセのある黒髪を一つに結《ゆ》って胸の方へさげている。

けれど、その表情はいつにも増して険しく、教室にいる俺と目が合うや否《いな》や、不機嫌《ふきげん》そうに言い放った。

「あら、こんなところにいたんですね、二武くん。ちょっと来てもらえますか？」

「……はい？」

理由はわからないけど、そこはかとなく嫌《いや》な予感がする……。

◇　◇　◇

訳もわからずあとをついてくるように言われた俺は、ツカツカと足早に歩を進める雨宮先生の背中に向かってたずねた。

「あの、雨宮先生。どこに向かってるんですか？」

雨宮先生は足を止めず、前を向いたまま、淡々《たんたん》とした口調で答える。

「二武くん。昨日は楽しかったですか？」

「……へ？　昨日？」

「ええ、そうです」

「昨日はたしか……綾乃とみずきと一緒に映画を観《み》に行っただけですけど……」

雨宮先生がこちらを一瞥《いちべつ》したその目は、俺がこれまで見たどんな人物の瞳《ひとみ》よりもどんよりと暗く淀んでいた。

「へぇ。ただ、映画を観に行っただけ、ですか《……昨日は月に一度、私がみずきお嬢様《じょうさま》と一緒にショッピングに行く日だったのに……みずきお嬢様はそのことをすっかり忘れて二武くんたちと映画に行っていた！　だから私は二武君を――絶対に許さない！》」

いや、知らねぇよ！

それ約束忘れてたみずきに怒《おこ》れよ！

なんですべての罪を俺に擦《なす》りつけてんだよ！

「《この手段だけは使いたくなかったのだけど……。こうなってしまってはしかたない。二武くんには、この学校からいなくなってもらわなければ！》」

いなくなってもらう？　どういう意味だ？

ピタリと足を止めた雨宮先生の目の前には、一枚の扉があった。

他の教室とは作りが違い、どこか重厚《じゅうこう》で高価そうな扉だ。

こちらに突き出したプレートを見ると、『理事長室』と書かれている。

理事長室？　そんなのこの学校にあったのか……。

コンコン、と雨宮先生が扉をノックすると、中から、「入れ」という女性の声が返ってきた。

雨宮先生に続き、中に入る。

部屋の中央には二つのソファーに挟《はさ》まれる形で置かれた足の短いアンティークなデスク。

部屋の両端《りょうたん》には資料やトロフィーなどが飾《かざ》られた棚《たな》。

そして対面にある奥《おく》まった場所には、大量の書物が積まれた作業机に両肘《りょうひじ》をつき、組んだ指で口元を隠《かく》した女性がこちらをギロリと睨みつけていた。

「君が、二武幸太か……」

ウェーブのかかった前髪《まえがみ》から覗く三白眼と目が合うと、その有無《うむ》を言わさぬ迫力《はくりょく》に、咄嗟に返事をすることができなくなった。

この人が理事長……？

見た目的に三十……いや、まだ二十代にも見えるけど……。

「なにを呆《ほう》けている」

どこか無感情な理事長の口調に気圧《けお》されながら、今度はなんとか言葉を絞《しぼ》り出した。

「えっと……理事長、ですよね？」

「ふむ……。君が理事長である私のことを知らないのも無理はない。普段《ふだん》から私は人前には姿を出さないようにしているからな」

襟《えり》の尖《とが》った真っ白なスーツを着た理事長は、同じく両手に白い手袋《てぶくろ》をつけていて、組んだ指に力がこもると、革製《かわせい》の手袋が擦れる小さな音が聞こえた。

自分がどうしてここに呼び出されたのかを聞こうとした時、その言葉を遮《さえぎ》るように理事長が先に口を開き、予想外の言葉を発した。

「私の名は西園寺《さいおんじ》あかり。西園寺みずきの姉だ」

「はい……？」

素《す》っ頓狂《とんきょう》な声が漏れる。

みずきの姉？　理事長が？

たしかに年齢的《ねんれいてき》にはありえないことじゃない……。

けど、どうしてそれを俺に伝える？

目的はなんだ……？

動揺《どうよう》する俺の耳に、すぐ横に立っていた雨宮先生の心の声が届く。

「《くく……。これで二武くんも終わりね。何故なら、あかり様には事前に、二武くんがみずきお嬢様の正体に気づいている可能性があるということを伝えておいたから。真偽《しんぎ》なんてこの際どうでもいい。あかり様の手にかかれば、白を黒にするなど容易《たやす》いこと。疑わしきは罰《ばっ》するが良し。……くくく。そう。二武くん。あなただけは許さないわ。私とみずきお嬢様の大切な時間を奪《うば》ったあなただけは！》」

いや、だからそれみずきが約束忘れてただけじゃねぇか！

俺を逆恨《さかうら》みして面倒ごと増やしてんじゃねぇよ！

この場で雨宮先生を糾弾《きゅうだん》したい衝動《しょうどう》を必死でぐっとこらえつつ、今もねっとりとこちらを値踏《ねぶ》みするような視線を向ける理事長に向き直った。

「《二武幸太……。この男がみずきの最も近くにいる友人か……。なんとも汚《けが》らわしい。

今この場で退学させてやろうか……》」

んなっ⁉

猫姫様から聞かされた注意事項《じこう》が、頭の中を駆け巡る。

注意事項その二、『この能力は現在通っている学校を卒業するまで消えない。中退、および転校すると死ぬ』

じょ、冗談《じょうだん》じゃねぇ！　こっちは学校辞《や》めさせられたら死んじまうんだぞ！

つーか、なんで話す前からこんなに俺への敵意に溢《あふ》れてんだよ……。

雨宮先生がなにか吹《ふ》き込んだのか？

とにかくここは、相手の真意を確かめるしかない……。

俺は最悪の事態を想定しつつ、慎重《しんちょう》に言葉を選んだ。

「……みずきのお姉さん？　みずきからはなにも聞いてませんけど……」

「みずきには、不用意に私との関係を言わないように口止めしているからな。教師でも、私とみずきとの関係を知っている者は少ない」

「そ、そうなんですね。たしかにみずきが理事長の弟だと知れたら、いろいろ気を使われそうですしね」

「《『弟』、か……。雨宮の話では、この男はみずきが女だと知っている可能性が高いと言っていたが、さすがにこんなところでボロは出さんか》」

間違ってみずきのことを『妹』なんて言ったらその時点でアウトだな……。気をつけないと……。

「みずきとは一年生の頃から同じクラスなのだろう？　仲良くしてやってくれているのか？　《とりあえず今のところ、それらしい言動は見受けられないが……。万が一みずきが女だとバレていたら、その時点でみずきに家督《かとく》を継《つ》がせるという私の計画が台無しだ。今時、男しか家督を継げないという我《わ》が西園寺家にも問題は多分にあるがな》」

家督を継がせる計画？

男しか家督を継げない？

……つまり、西園寺家の後継者《こうけいしゃ》にするため、みずきを男として育てているってことなのか？

少し探《さぐ》りを入れてみるか……。

「あの、理事長って見たところ随分《ずいぶん》お若いですけど、それなのに理事長なんてすごいですね」

「世辞はいらんよ《そんなもの、金さえあればどうとでもなる》」

「もしかして、将来的にはみずき継いだりするんですか？」

「さぁな。まだわからんよ《みずきには西園寺家そのものを背負ってもらわねばならない。継承権《けいしょうけん》のある他の男どもにろくなのはおらんからな。どいつもこいつも、金と権力に取りつかれた愚図《ぐず》ばかり。……やはり、男など不要。欲のないみずきでなければ、西園寺家の家長は務まらん》」

……どうやら、みずきをダシにして西園寺家をどうこうしたいってわけじゃなさそうだな。

もしかして男が嫌いで、みずきを西園寺家の家長にしたいのか……？

「二武幸太」

その無機質な喋《しゃべ》り方《かた》に、名前を呼ばれただけで一瞬《いっしゅん》背筋がゾクリとした。

「……はい？」

「《面倒だ……。ゆさぶりをかけて、その反応で真意をさぐるとするか》」

理事長は、俺から目を離《はな》さず、ゆっくりと口を開く。

「単刀直入に聞く。君は、みずきの秘密を知っているか？」

核心《かくしん》をつく質問。

事前に心の声が聞こえていなければ、動揺して表情に出ていたかもしれない。

雨宮先生は、昨日、みずきが俺と遊んでいたせいで自分との約束をすっぽかされ、感情的になってこの理事長に俺への疑惑《ぎわく》を打ち明けたのだろう。

そうすることで、万が一、本当に俺が、みずきが女であると気づいていたと理事長が確信した場合、みずきはメイドとマンツーマンで生活をするという特別な女子高へと転校させられる。

もしも俺がみずきの秘密を知らないと理事長が判断した場合でも、女尊男卑《じょそんだんぴ》的な考えを持つこの理事長なら、俺とみずきが近くにいることを疎《うと》ましく思い、そのまま転校させると踏《ふ》んだのだろう。

どちらにせよ、雨宮先生にとってはプラスになるということだ。

……だが、後先考えず感情的に行動したところでたかが知れている。

俺にとってこの状況《じょうきょう》は、ピンチでもなんでもないわけだ。

俺は首を傾《かし》げ、はて、と眉《まゆ》をひそめた。

無論、素振りだけである。

「秘密、ですか？　う〜ん……」

そうして、なにかに気づいたようにはっと目を見開き、恐る恐る雨宮先生に視線を向ける。

この状況で見つめられている意味がわからないのか、雨宮先生は不思議そうに目をぱちくりとさせた。

「《二武くんが、なにか言いにくそうな顔をしてこちらを見ているけど……どうして？　今はみずきお嬢様の秘密を知っているかと問われている状況。もしも本当に知っているならもう少し動揺してもおかしくないし、知らないとしたら言い淀んだりせず、その旨《むね》を伝えればいいだけ。……それがどうして困ったような顔で私を見ているの？　まるで……みずきお嬢様の秘密に私がかかわっていて……そのことを理事長に伝えるかどうか悩んでいるような……はっ⁉》」

ようやく状況を理解できたのか、雨宮先生はあからさまに慌てた表情を浮《う》かべた。

「《ま、まさか二武くん！　あかり様が言った『みずきお嬢様の秘密』を、私がみずきお嬢様に隠れて写真を撮《と》りためていたことだと勘違《かんちが》いしているんじゃ⁉》」

よし。うまく誘導《ゆうどう》できたな。

雨宮先生はダラダラと顔中に汗《あせ》を流し、

「《ち、違うの二武くん！　今はそんな話をしているんじゃないの！　『え？　あのことここで話しちゃっていいんすか？』みたいな顔で私のこと見つめないで！　絶対言っちゃだめだめだからね⁉　あんなのが理事長にバレたら、私だってどうなるかわからないんだから！　あぁぁぁぁぁ！　こんなことになるなら理事長に二武くんのこと告げ口なんてしなきゃよかったぁぁぁ！　私のバカ！　バカ！　バカ！》」

もう少し考えて行動すればいいのに……。

落ち着きを失い、汗だくになった雨宮先生に気づいたのか、それまで俺の一挙手一投足を観察するように眺《なが》めていた理事長が、視線を雨宮先生に移した。

「ん？　どうかしたのか？　随分顔色が悪いようだが……」

「はへっ⁉　べ、別になんでもありませんよ！　あはは！」

「……？　《トイレか？》」

雨宮先生はぎこちない笑《え》みを浮かべると、「あ、そうだ！」と取ってつけたように手を合わせ、

「二武くん！　一時間目はたしか体育でしたね！　早く行かないと遅《おく》れちゃいますよ！

《と、とにかく、一旦二武くんをここから連れ出して口止めしないと！》」

「え？　でも、俺になにか用事があってここに連れて来たんじゃないんですか？」

「も、もういいです！　十分です！　そうですよね、理事長！」

雨宮先生は俺の両肩《りょうかた》をがっしりと掴《つか》み、扉《とびら》の方へ押《お》しやりながら理事長の顔色を窺《うかが》った。

雨宮先生の突然の奇行《きこう》に気圧されつつも、理事長は、

「《やはりトイレ、か……。生理現象であればやむなし。どうせ今日は顔を見たかっただけだしな。ゆさぶりにも乗ってこないし、ここらで切り上げるとするか》」

理事長は、ふむ、と小さく頷《うなず》くと、椅子から立ち上がり、俺の目の前まできて耳元でぼそっと囁《ささや》いた。

「忘れるな。私はいつでも君を見ているぞ《さて、どんな反応をするか……》」

俺は、なんのことかわからない、といった表情を作り、はぁ、と軽く会釈《えしやく》をした。

「《……ふむ。やはり反応はない、か……。しかし、雨宮の言《げん》もあるし、念のため警戒《けいかい》はしておくか》」

完全に疑惑は晴れてはいないみたいだけど、なんとか乗り切ったな。

その後、俺は雨宮先生に背中を押され、そそくさと理事長室をあとにした。

理事長室から少し離れたところで、雨宮先生が涙目《なみだ》で言い寄って来る。

「二武くん！　私が西園寺くんの写真を集めてたことは絶対に秘密ですからね！」

「え？　そうだったんですか、俺、てっきりそのことを理事長に聞かれているものだと思ってたんですけど……」

「《や、やっぱり！　あっぶなぁ！》」

雨宮先生は唾《つば》を飛ばしながら、

「あのことは、絶対！　ぜぇったい！　誰《だれ》にも内緒《ないしょ》ですからね！　わかった⁉」

「は、はぁ……。わかりました」

安心したようにほっと息をつく雨宮先生を見ていると、『生徒を転校に追い込もうとしてんじゃねぇよ！』と突っ込みたくなったが、俺は大人なのでぐっとこらえることができた。

…………。

……けど、いつか絶対仕返ししてやるからな。覚えてろよ。

◇　◇　◇

「へぇ。それで、結局雨宮先生となにしてたの？」

一時間目の体育の授業後、使っていたバレーボールが詰《つ》まったカートを押しながらみずきがたずねた。

「あぁ……。いや、そんな大したことじゃなかったよ」

マジでみずきの写真撮ってたことチクってやろうか……。

とも思ったが、それはそれで面倒なことになるのは目に見えていたのでやめた。

「……にしても、どうして俺たちが授業で使ったバレーボールの片づけなんてしなくちゃならないんだ」

「しかたないよ。ジャンケンで負けちゃったんだし」

「はぁ……。相手が女子なら負けなかったのに……」

「え？　なにか言った？」

「別になんでもない……。それよりさっさとこれ倉庫に運んじまおう。早くしないと次の授業が始まっちまう」

「そうだねー」

……にしても、理事長とみずきが姉妹って言ってたけど、全然顔が似てねぇよな……。

直接みずきに聞いてみるか……いや、どうして知ってるんだとか聞かれたら説明するのが面倒だし、今はいいか。

体育館裏には小さな倉庫がぽつんと立っており、カートを押している俺に代わり、みずきがそこのシャッターをガラガラと上げてくれた。

「はい、どうぞー」

「サンキュー」

シャッターが下がらないようにみずきが手で押し上げてくれてはいるが、何分背が小さいので、俺はぐっと腰を曲げて倉庫の中へカートを押し入れた。

ライン引きに使う石灰《せっかい》と砂埃《すなぼこり》が混じった独特な臭《にお》いが鼻をつく。

右隅《みぎすみ》にちょうど今押しているカートを置くスペースがあったので、そこにカートを収めようとしたが、なにかに引っかかっているのか途中《とちゅう》でカートが動かなくなった。

「あれ？　動かない……」

「ん～？　あっ。タイヤがコーンに乗り上げちゃってるね。今退《の》けるから、ちょっと待ってて」

「頼《たの》む」

そう言ってみずきがシャッターから離れ、カートの進路を塞《ふさ》いでいた三角コーンをひょいと横へ避《よ》けると、カートはようやく前へと進み出した。

「おっ。動いた動いた。でかしたみずき。じゃ、俺たちもすぐに着替《きが》えて教室に――」

ガシャン！


と、後方から聞こえてきた轟音《ごうおん》に、俺もみずきもびくっと肩をすくめた。

驚いて後ろを振り返ると、さっきまで上がっていたはずのシャッターが、何故《なぜ》か完全に降りてしまっている。

「なんだ？　勝手にシャッターが閉まったのか？」

「び、びっくりしたねぇ～」

「ったく。なんで体育館は綺麗《きれい》なのに、倉庫はオンボロなんだよ。あぶねぇじゃねぇか」

オンボロ倉庫を放置している学校への文句を言いつつ、シャッターに近づき、さっきみずきが開けたようにシャッターを上げようとした。

だがシャッターは、ガシャン、ガシャン、と無慈悲《むじひ》な音を立てるだけで、微動《びどう》だにしない。

「あれ？　なんで開かねぇんだ、これ？」

みずきがへらへらと笑いながら、

「もう～。幸太ったらなに冗談言ってるのさぁ～」

と、俺と同じようにシャッターを開こうとするが、ガシャン、ガシャンと、やはり耳障《みみざわ》りな金属音が響《ひび》くだけだった。

「あ、あれぇ？　おっかしぃなぁ？」

その後もガシャンガシャンとシャッターと格闘《かくとう》するみずきを他所《よそ》に、倉庫の側面上部に取り付けられた小さなガラス戸から、聞き覚えのある心の声が耳に届いた。

「《ふふふ。たとえ二武くんが、本当にみずきお嬢様の正体に気づいていなかったとしても、こうして密室に閉じ込めれば否応《いやおう》なしにみずきお嬢様の魅力《みりよく》にとりつかれ、みずきお嬢様が男であろうと女であろうと、意識してしまうようになるに違《ちが》いない。そうすれば、あとは理事長がなんとかしてくださる……。ふっふっふ。みずきお嬢様の魅力を知っている私だからこそできるこの作戦。我ながら完璧《かんぺき》すぎるわね》」

それは紛《まご》うことなき、さっきまで一緒《いっしょ》にいた雨宮先生の心の声だった。

この女、全然反省してねぇじゃねぇか！

ちくしょう！　今度絶対あんたのこと理事長にチクってやるからな！

青い顔をしたみずきがこちらを振り返り、

「だめだぁ……。これ、たぶん外からカギ閉められてるね……。きっとボクたちがいるってわからなくて、誰かが間違《まちが》えて閉めちゃったんだよ……」

いや、すぐそこに確信犯がいるから！

ぐぬぬ……。まさか雨宮先生がここまでアホだったとは……。

あの人、みずきのことと なると頭のネジが二、三本抜《ぬ》けるクセでもあるのか……？

それでよくみずきのメイドなんてやってるな……。

なんにせよ、こんな場所からはさっさとおさらばせねば。

うんと背伸《せの》びをすると、なんとかガラス戸に手がかかったので、それを開こうと横へスライドさせるがびくともしない。

「なんだ……？　カギでもかかってんのか？」

「う～ん……。見たところカギはかかってないみたいだよ？　それでも開かないってことは、たぶん錆《さ》びてるんじゃないかな？」

「マジかよ……。しかたない。この状態でも少しは声が外に聞こえるだろう」

目いっぱい息を吸い込み、外に向かって声を張り上げる。

「おーい！　誰かいませんかぁ！　おーい！」

つーかすぐそこにいることはわかってんだよ！　さっさと開けろ雨宮先生！

すると、俺の声が聞こえたのか、すぐに雨宮先生の心の声が返ってきた。

「《あーはっはっは！　いいザマね二武くん！　理事長の前で私を陥《おとし》れようとしたバツよ！》」

うるせぇ！　逆恨みに逆恨み重ねてんじゃねぇよ！

「だ、誰かぁ！　ここのカギを開けてくださぁい！」

「《そうやって元気よく吠《ほ》え続けるがいいわ！》」

バレてねぇと思って好き勝手言うな！

こうなったら……。

傍《そば》で見ていたみずきの手を引っ張り、

「みずき！　次はお前だ！　叫《さけ》べ！」

「え？　ボクもやるの？」

「当たり前だ！　もとはと言えば誰のせいでこんなことになってると思ってんだ！」

「カギを閉められたのは別にボクのせいじゃないと思うけど……」

お前のとこのメイドが犯人なんだよ！

みずきは渋々《しぶしぶ》といった様子で、先ほどの俺と同様薄《うす》いガラス戸に向かって声を張った。

「あの！　すいませーん！　誰かカギを開けてくださーい！　中に閉じ込められてるんです！」

そのみずきの声が雨宮先生にも届いたのか、焦《あせ》ったような心の声が返ってくる。

「《み、みずきお嬢様！　い、今すぐにでもみずきお嬢様を助け出してあげたい……。だけど、すぐに出したりしたら、二武くんにみずきお嬢様を意識させる計画が台無しに……。うぅ、私はどうすれば……》」

お？　意外と悩《なや》んでるな。

これ押せば行けるんじゃね？

さすがみずき大好き人間。

「よし。みずき、続けろ」

「よぉし！」

気分が乗ってきたのか、みずきはより一層力を込めて叫んだ。

「すいませーん！　誰かー！　助けてくださぁい！」

すぐさま、雨宮先生の心の声が返ってくる。

「《ぐぬぬ……。みずきお嬢様が困ってらっしゃる……。け、けど、作戦が……。うぅ……。

はっ！　ちょっと待ってよ！　今みずきお嬢様は、私が倉庫のカギをかけて閉じ込めたことを知らない……。つまり、もう少しみずきお嬢様を困らせてから私が倉庫のカギを開ければ、みずきお嬢様は窮地《きゅうち》を助けてくれた私を褒《ほ》めてくださるかもしれない！　むふふ……。これはいける！　そうと決まればここはひたすら傍観《ぼうかん》よ！》」


マッチポンプやめろ！

なんでこの人こんなにバカなの⁉


「だめだぁ……。やっぱり近くには誰もいないみたいだね……」

そう言ってみずきが叫ぶのをやめた直後、かすかに外から、雨宮先生とは別の大人の声が聞こえてきた。

「あっ！　こんなところにいましたか、雨宮先生！」

「……佐藤《さとう》先生？　どうかされましたか？」

「いや、それが、ちょっと緊急《きんきゅう》でして……。とにかく急いで職員室へ来ていただけますか？」

「え？　いや、ちょっと……私はまだ用事が……そ、そんなに引っ張らないでください

「……」

そのまま声が遠のいていくのを感じ、俺はぞっと背筋が冷たくなった。

や、やばい！　雨宮先生がいなくなったら、マジで誰もこのシャッターを開けてくれなくなる！

「すいませーん！　閉じ込められてるんです！　おーい！」

懸命《けんめい》に声を張り上げてはみたものの、すでに人の気配はなく、雨宮先生の心の声すら聞こえなくなってしまった。

マジかよ……。

これ、ほんとに閉じ込められたんじゃ……。

次の授業で倉庫に道具を取りにくる生徒がいれば、俺たちがここに閉じ込められていることはわかってもらえるはずだが、残念ながら、隣接《りんせつ》している体育館からも生徒の声はしない。時間的にはすでに二時間目の授業は始まっているはずだ。

つまり、最低でもあと一時間はこの倉庫は使われないってことだ……。

はぁ、と深いため息が漏《も》れ、近くに積んであった砂まみれのマットに腰《こし》をおろした。

「しかたない……。誰かが気づいてくれるまでここでじっとしてるしかないな……」

「う、うん……。そうだね……」

古ぼけた跳《と》び箱《ばこ》に座《すわ》っているみずきの返答は、どこか歯切れが悪かった。

「ん？　どうかしたのか？　なんか顔色悪いぞ？」

「えっ⁉　あ、あはは！　別に、なんでもないよ！　《やっばぁ！　どうしよう！　急におしっこしたくなってきちゃった！》」


……は？


「みずき……お前、まさか……トイレ、か……？」

咄嗟《とっさ》のことに思わず、聞こえてきた心の声をそのまま返してしまうと、みずきは驚《おどろ》いたようにぎょっと目を見開いた。

「へっ⁉　い、いや！　その…………まぁ…………うん」

「マジかよ……」

みずきは胸中を吐露《とろ》すると、吹っ切れたようにガシャンガシャンとシャッターを叩《たた》き始めた。

「だ、誰かぁ！　早く開けて！　ここから出してぇ！　そ、そうじゃないと、漏れちゃうううう！」

「お、落ち着けみずき！　深呼吸だ！」

「うぅ……。幸太ぁ……。ボクはもう限界だよぉ……」

「腹筋に力を入れて耐《た》えるんだ！　助けは必ずくる！」

「もう無理だよぉ……」

「諦《あきら》めるな！」

顔を真っ赤にして服の裾《すそ》を掴み、足をもじもじさせるみずき。

もう限界がすぐそこまで迫《せま》っているのは目に見えている。

やばい……。このままではみずきが決壊《けっかい》してしまう……。

そうなる前になにか……なにか……。

ふと、倉庫の隅《すみ》に歪《ゆが》んだバケツが放置されているのが目に留《と》まった。

上から覗《のぞ》いてみるが、どうやら穴は開いていないようだ。

ふむ……。

さすがに、今脳裏《のうり》を駆《か》け巡《めぐ》った解決策を口にすることは憚《はばか》られ、俺《おれ》は歪んだバケツを手に抱《かか》えたまま、みずきに問うた。

「……みずき、どうする？」

「どうするってなにが――って、なに持ってるのさ幸太！」

「……で、どうする？」

「どうするじゃないよ！　使わないよ！　そんなのいらない！　しまってよ！」

「安心しろ。俺は目を瞑《つぶ》って耳を塞ぐのだけは誰にも負けたことがないんだ」

「適当なこと言って慰《なぐさ》めようとしないでよ！」

「……ほんとに使わないんだな？」

「…………う、うん。使わない。ボクは最後まで人間としての尊厳は捨てないんだ」

そうきっぱり言い切ったみずきは、俺の次の言葉を聞いて間抜《まぬ》けな表情を浮かべた。

「よし。わかった。じゃあこれは俺が使う」

「……へ？」

ポカンと口を開けるみずきが、俺に問う。

「……ま、まさか……幸太も……？」

「残念ながら、な」

そう……なにを隠そう……。

俺もおしっこがしたくてたまらなかったのだ！

みずきを励《はげ》ましている間も、俺はすでに内股《うちまた》だった。

バケツを発見した時も、レディファーストだと思って先にみずきへすすめてやったが、みずきがいらないというのなら俺がもらってもやぶさかではないだろう。

みずきが、なにか恐《おそ》ろしいものでも見るように、

「……ほんとに、それにする気？」

「無論だ。漏らすくらいならバケツにする。これが俺の、人間としての尊厳の保ち方だ。みずきはそこで大人しく漏らすがいい」

「ぐぬぬ……」

悔《くや》しそうに唇《くちびる》を噛《か》んだみずきは、次の瞬間《しゅんかん》、俺からバケツをひったくった。

「や、やっぱり、これはボクが使うよ！」

「なっ⁉　おい、お前さっき使わないって言ったろ⁉　返せよ！」

「やだ！　漏らすくらいならこれにする！」

「わがまま言うんじゃない！」

「幸太もしたいならボクのあとに使いなよ！」

「他人が使ったあとのバケツなんてごめんだ！」

「ボクだって嫌《いや》だもん！」

自分が先か、他人が先か……。

鶏《にわとり》が先か、卵が先か……。

その答えは永遠に導き出されないのかもしれない……。

しかし、精神衛生上、他人が使ったあとのバケツに用を足すというのは、やはりなにか……こう……嫌な感じがあった。

俺とみずきがお互《たが》いに一歩も譲《ゆず》らないでいると、倉庫のすぐ外で、カタン、となにか物音が響いた。

俺もみずきも、バケツをかなぐり捨ててシャッターへと急ぎ、ガシャンガシャンと猛剣《もうけん》幕《まく》で叩いた。

「おぉい！　開けてくれぇ！　俺たちはここだぁ！」

「助けてぇ！　お願いしますぅ！　助けてくださぁい！」

直後、バサバサと翼《つばさ》をはためかせ、倉庫の脇《わき》を一羽《いちわ》のハトが飛び立つのが見えた。

「ハト……？」

「うぅ……。そんなぁ……。ボクたちの最後の希望がぁ……」

だ、だめだ……。一瞬でも助かるかもしれないと希望を抱《だ》いたせいで、すでに尿意《にょうい》が限界まできている……。

どうする……。やはりバケツにしてしまうか……。

しかし、本当にできるのか……？　ここにはみずきもいるんだぞ……？

みずきは男装をしてはいるが、れっきとした女子！

普通《ふつう》、女子がいる前でバケツに用を足せるだろうか？

否！　できない！

だ、だって恥《は》ずかしいもん！

みずきも異性である俺を意識しているのか、太ももをこすり合わせながらバケツと俺とを何度も見比べている。

「……な、なぁ、みずき。どうする？　ほんとにバケツにするか？」

「えっ？　……い、いや……。えーっと……あ、そうだ。じゃあ、幸太からやりなよ。ボク、隅っこに行ってるからさ」

ぐぬぬ……。

よくよく考えてみれば、あとにするよりも先にする方が勇気がいるな……。

どうやらみずきもそのことに気づいてしまったらしい……。

だが、ここは譲れない！

みずきに先にしてもらい、俺は場が温まったあとで悠々《ゆうゆう》と用を足す！

「え、えー……。俺からぁ？　う〜ん……。いや、俺はまだ大丈夫《だいじょうぶ》だからさ。先にみずきがやれよ。もう限界だろ？」

「……ボ、ボクも、まだ我慢《がまん》できるから」

「またまたぁ！　顔色が悪いぞ。どうせもう限界なんだろぉ？」

「幸太こそ無理しなくってもいいよ！　ほら！　男の子ってこういうの抵抗《ていこう》ないでしょ？」

「おいおい、まるで自分が男の子じゃないみたいなこと言うなよぉ〜」

「え⁉　あ、あはは。いやぁ、そんなつもりはなかったんだけどぉ」

無益な会話の応酬《おうしゅう》をしている間も、タイムリミットは刻一刻と迫っていた。

も、もうだめだ……。

これ以上は、マジで……。

すでに立っていることさえ難しくなった俺は、思わずその場に膝《ひざ》をついた。

「く、くそ……。ここまでか……」

諦めてバケツに手を伸《の》ばした瞬間、ふと柔《やわ》らかい感触《かんしょく》が指先にぶつかり、はっと顔を上げると、みずきもすでに限界だったのか、俺と同じくバケツに手を伸ばしていて、俺の指先はそのみずきの手とぴったり重なり合っていた。

「み、みずき……。お前、まさか……」

みずきは諦《あきら》めたように朗《ほが》らかな笑みを作る。

「うん……。もう、これ以外に選択肢《せんたくし》はないよ……」

バケツにすると決めた俺たちに、もう迷いはなかった。

どこかシンパシーのようなものを感じながら、

「じゃ、じゃあ、みずきからやるか？」

「いいの？　幸太、限界じゃない？」

「大丈夫だ……。俺はまだ、少しなら耐えられる……」

「幸太……」

「うっ……。さ、さぁ早くやれ！　長くは持ちそうにない！」

「そ、そんな！　幸太ももう限界じゃないか！」

「……ふふっ。だ、大丈夫。俺のことは気にするな……」

「幸太……」

みずきがしっと俺の手を掴むと、

「幸太だけ一人残してやるなんて考えられないよ！」

「みずき、お前……」

そして、みずきは潤《うる》んだ瞳《ひとみ》を俺に向け、

「……一緒に、しよ？」

「……一緒に、だと？」

なに言ってんだこいつ……？

「うん。バケツの上に座ってお互い抱き合ってすれば、きっと二人同時にやってのけられるよ！」

想像したらひでぇ絵面だ！

「いや、さすがにそれは、ちょっと……」

「大丈夫！　お互い目隠《めかく》ししてればへっちゃらさ！」

「……強いんだな、みずき」

「幸太がいるから、強くなれたんだよ」

なんだこの茶番……。

が、しかし！　これ以上は俺もみずきも茶番を続けている余裕《よゆう》はなかった。

「よ、よし！　やるぞ、みずき！」

「うん！　やろう、幸太！」

バケツの上でがっちりと力強い握手《あくしゅ》をした時、ガチャン、とどこからともなく音が響いた。

そして、ガラガラガラ、と唐突《とうとつ》にシャッターが開かれる。

二人してきょとんとそちらを見やると、同じクラスで保健委員の飯田《いいだ》の姿があった。

飯田は俺とみずきの姿を見つけると、にかっと歯を見せて微笑《ほほえ》んだ。

「おっ！　二人ともこんなところにいたのか！　いやぁ、お前らが全然教室に戻《もど》ってこないから先生に言ってさがし回ってたんだよ！　マスターキー借りててよかったぁ。なんだ？　閉じ込められたのか？　おかしいな、普段《ふだん》ここは鍵閉めないのに……。けど、もう安心だぜ。この飯田様が来てやったから――」

飯田の言葉を遮《さえぎ》り、俺とみずきは倉庫から走り出した。

「ありがとう、飯田！　礼はあとで言う！」

「ありがとう飯田くん！」

俺たちに押しのけられた飯田は、「お、おぉ……？」と間抜けな声を漏らし、トイレへ向かって走り去った俺とみずきの背中をぼんやりと眺めていた。

◇　◇　◇

ジャー。

体育館に設置されていたトイレから出て廊下《ろうか》でぼけぇっと立っていると、遅れてみずきも戻ってきた。

お互いに目が合うと、「あ……」という気まずい声が漏れ出て、さっきまでの倉庫でのやりとりが走馬灯《そうまとう》のように思い出された。

き、きまずい……。

「《……抱き合ってバケツにおしっこしようとしてたなんて、ボクはいったいなにを考えてたんだ》」

それな。

そのまま沈黙《ちんもく》が流れる中、遠くから小走りで雨宮先生が戻ってきた。

「《まずいまずい！　思ったより時間取られちゃった！　……って、あれ⁉　二人とも、なんでトイレの前に……？　どうやって倉庫から出たの……？》」

眉をひそめた雨宮先生が、俺たちのもとへ歩み寄る。

「えっと……。二人とも、こんなところでどうしたの？」

なんて白々しい……。

俺はキッと雨宮先生を睨《にら》むと、これまでの恨《うら》みを込めて一から説明してやった。

「いやぁ、実はですねぇ！　俺とみずきで倉庫の片づけに行ったら、偶然《ぐうぜん》なにかの拍子《ひょうし》でカギが閉まっちゃって、今までずっと閉じ込められててヤバかったんですよ！　しかも二人してトイレが限界で、みずきも俺もバケツに用を足すしかないって腹くくるくらい限界だったんですよぉ！」

そう言い放つと、雨宮先生はふらっと体勢をくずした。

「そ、そうだったの。それは大変だったわね……《な、なんてこと！　私としたことが、またみずきお嬢様《じょうさま》に嫌な思いをさせてしまった！　前回ストーカーと勘違いされてから気をつけようとあれだけ思っていたのに！　し、しかも、あのみずきお嬢様を、バ、バ、バケツに用を足そうと腹をくくるまでに追い詰めてしまっただなんて！》」

雨宮先生はその場にへたり込むと、俺はダメ押しでみずきに一つ質問をした。

「なぁ、みずき。もしも今回の一件が、偶然ではなく、何者かによって故意に引き起こされていたとしたら、どうする？」

「どういう意味？」

「つまりだな。誰かがいたずらでシャッターを閉めていたとしたら、そいつをどうするかってことだよ」

俺の質問に、雨宮先生はハッと乞《こ》うような視線をみずきに向ける。

そして、みずきは淡々《たんたん》と、慈悲《じひ》なく言い放った。

「そんな人がいたら、ボクは絶対に許さない。絶対に！」

誰に向けて言ったわけでもないみずきの一言に、雨宮先生はあわあわと目に涙を浮《う》かべた。

「《あぁ！　わ、私はみずきお嬢様になんてことを！　け、けど、私だってこんなに長時間閉じ込めておくつもりはなかったの！　職員室に呼び出されてしかたなく……。あぁ！　みずきお嬢様！　どうか許してください！》」

ま、これくらい釘《くぎ》を刺《さ》しておけば、雨宮先生ももうそうそう馬鹿《ばか》な真似《まね》はしないだろう。

けど、まぁ、なにはともあれ……。

間に合ってよかった……。

俺とみずきはほっと安堵《あんど》のため息をつき、トイレをあとにしたのだった。

第三章『ゲームセンターデート？』

翌日。俺は今日も、学校へ行く前に神楽猫《かぐらねこ》神社へやって来ていた。

さすがのストーカーも人通りの多い朝っぱらから行動するとは考えにくいし、綾乃《あやの》は一人でも問題ないだろう。

賽銭箱《さいせんばこ》の上には、ぐったりと仰向《あおむ》けで寝転《ねころ》んでいる猫姫様《ねこひめさま》がいる。

すやすやと小さな寝息を立てるたび、平たい胸が上下に動いていた。

こんな場所で寝てて背中痛くならないのか……？

時折ピクピクと動く耳が気になり、指でつまんでみると、それまで寝息を立てていた猫姫様が「はにゃ……」と声を漏らした。

まだ起きない……。

賽銭泥棒《さいせんどろぼう》をさがすとか言ってたのはどうなったんだ？

……にしても、意外とサラサラしてて触《さわ》り心地《ごこち》のいい耳だな……。

「はわわ……。はわわ……」

夢でも見ているのか、それとも耳を触られ慣れていないのか、猫姫様からへんてこな声が漏れる。

ふぅむ……。寝顔《ねがお》だけは完全に子どもと同じだな。

普段もあんなに生意気な態度じゃなければ、多少可愛《かわい》げがあるってのに……。

ズボッ、と耳の穴に指を突っ込んでみると、猫姫様はビクリと足を伸ばし、両手がわなわなと虚空《こくう》を掴《つか》むように動き出した。

「はにゃにゃ……。はにゃにゃ……」

頬《ほお》が赤くなってる。耳の穴が弱いのか？

「はにゃ⁉」

はっと猫姫様が目を開いたことに驚き、俺は耳の穴に指を突っ込んだまま動きを止めてしまった。

猫姫様は目をぎょっと見開いたまましばらく硬直《こうちょく》していたが、すぐにぎょろりと俺を睨みつけた。

「お前……なにわしの耳の穴に指突っ込んどるんじゃ？」

「……突っ込んでません」

「いや、現在進行形で突っ込んどるじゃろうが！」

「突っ込んでません！」

「頑《かたく》なか！　とにかくさっさと指を抜かん――はにゃ⁉」

耳の穴に入れていた指をくいっと動かすと、猫姫様は身をよじらせ、あわあわと情けなく口を半開きにした。

「にゃにゃにゃ⁉　にゃにをするんじゃ！　やめんか！」

「猫姫様、この前俺の悩み相談ガン無視しましたよね？　わかってるんですか？　俺が今大変な状況《じょうきょう》に陥《おちい》っているのは、半分は猫姫様のせいなんですよ？」

「はにゃにゃ～。じゃ、じゃから、指を動かすのをやめろと言うておるじゃろうがぁ～」

「この前だってお土産《みやげ》持っていったのにずっと偉《えら》そうでしたし……。神様がそんなんで本当にいいんですか？」

「……はにゃ～」

なんだか猫姫様の元気がなくなって顔がとろんとしてきたので、さすがに耳の穴から指を引っこ抜いた。

「……大丈夫ですか？」

そう問いかけると、猫姫様ははっと我に返ったように飛び起き、両耳を塞いで俺を睨みつけた。

「お、おのれぇ！　わ、わ、わしの耳の穴に指を突っ込むなど、お前はなにを考えておるんじゃ！」

「いや、寝顔見てたらなんだか腹立ってきちゃって……つい……」

「つい、じゃないわい！　お前はもっとわしをリスペクトせんか！」

「リスペクト……」

「だ、だいたいのぉ！　み、耳の穴はとっても大事な場所なんじゃ！　おいそれと指を突っ込むな！　バカタレ！」

「すいません……」

「シャー！」

威嚇《いかく》してらっしゃる……。

耳に指を突っ込まれたのが相当嫌だったのか、その日、猫姫様は俺の話も聞かず、さっさと姿を消してしまった。

ちょっとやりすぎたか……。

いや、でもまぁいいや。

ちょっとすっきりしたし。

◇　◇　◇

放課後。帰り支度《じたく》を終えると、綾乃がどこかそわそわしたようにこちらの様子を確認《かくにん》していた。

「《今日もこうちゃんと一緒に帰っていい……んだよね？　昨日はあっさり家についちゃったけど、今日はもっとデートらしいことしたいなぁ！　わくわく！》」

めっちゃ期待されてる……。

いや、別に普通に帰るだけだから……。

綾乃がそんな期待に胸を躍《おど》らせているとはつゆ知らず、カタリと前の席から立ちあがったみずきは、あっけらかんとして言った。

「じゃ、今日も一緒に帰ろっか！」

綾乃がギロリとみずきを睨む。

「《むー！　西園寺《さいおんじ》くんさえいなければこうちゃんと二人きりなのにー！　……けど、一応私を心配してくれてるんだし、無下にするわけにもいかないよね……。うー！》」

みずきって割と女子からも人気あるんだけどな……。

一年生の頃《ころ》から何度も告白されてるし……。

なのに綾乃は全然なびかないな……。

「じゃ、じゃあ帰るか」

俺はこの奇妙《きみょう》な関係に気づかないフリをしつつ、三人で帰路についた。

◇　◇　◇

ガタゴトと揺《ゆ》れる車内。俺だけが椅子《いす》に座り、吊革《つりかわ》を掴んだ二人を見上げている。

一人だけ座ってる時って、なんでこんなに申し訳ない気持ちになるんだろう……。

「――そしたらさぁ、その子急に牛乳吹《ふ》き出しちゃって！」

「ふふ。リアルでそんなことする人っているのね」

「ねー！」

みずきと綾乃は話し相手としてはなかなか気が合うらしく、俺そっちのけで何やら盛り上がっていた。

すごい疎外感《そがいかん》だ……。懐《なつ》かしいなぁ、こういうの……。

高校に入ってみずきと友達になる前は、よく一人きりになってたなぁ……。

けど、このままなにも起こらなければそれはそれでいいし。ここは俺一人が犠牲《ぎせい》になればそれで解決だ。甘《あま》んじて受け入れよう。

「わっ⁉」

と、突然《とつぜん》綾乃が大きな声を出したので、思わずはっと顔を上げた。

「な、なんだ⁉　どうした⁉」

まさか、例のストーカーか⁉

キョロキョロと辺りを見回すが、乗客の中にそれらしい人影《ひとかげ》はない。

綾乃は、こほん、と咳払《せきばら》いをすると、

「な、なんでもないわ。ごめんなさい《ど、どうしよう！　こうちゃんの憂《うれ》いを含《ふく》んだ顔があまりにイケメンすぎて声出ちゃった！　うぅ！　恥ずかしいよぉ！》」

情緒《じょうちょ》不安定だなぁ……。

うんざりしつつも、例のストーカーの件ではなかったことに安堵していると、不意にみずきがこんなことを言い出した。

「ねぇねぇ！　今から三人でどこかに遊びにいかな――」

「しかたないわね。つき合ってあげるわよ《わーいっ！　こうちゃんとデートだぁ！》」

みずきの提案をかき消す勢いで返答した綾乃は、俺の気持ちなどお構いなしに、すでにこれからなにをするかを構想し始めている。

……けど、それはやっぱりちょっと不安だな。

「う〜ん……。綾乃、最近もまだ誰《だれ》かに見られているような視線は感じるのか?」

「いいえ。昨日も今日もそんな気配は一度もないわ」

つまり、三人でいれば安全ってことなのか?

それとも、単なる偶然……?

安全を考えれば直帰すべきだけど……う〜ん……。

考えあぐねていると、綾乃があっけらかんとして言った。

「それに、私はただ待ってるだけなんて性に合わないの。わざと隙《すき》を作ってストーカー野《や》郎《ろう》をあぶりだしてやるわ」

「けど、それって危なくないか?」

「幸太《こうた》は神経質なのよ。そんなに思《おも》い詰《つ》めてても事態は好転しないわよ?」

「そういうものか?」

やはり綾乃の意見に賛同しかねていると、みずきがぽん、と自分の胸を叩いた。

「まっ、いざとなればボクもいるしね! 安心してよ! 不《ふ》審《しん》者《しゃ》を見つけたら真っ先に大声上げてやるからさ!」

「……た、頼《たの》もしいな」

……ま、人気《ひとけ》の少ない場所に行かなければ、そうそうなにか起こるってこともないか。

俺は期待に目を輝《かがや》かせる二人を交互《こうご》に見て、どっとため息をついた。

「はぁ……。わかったわかった。俺の負けだ。どこへでもつき合ってやるよ。ただし、人の多いところだけだからな」

「やったー！　ボクおすすめの場所知ってるよ！」

「ま、気晴らしは必要よね《やったー！　でへへ！　こうちゃんとデートだぁ！》」

こうして、俺たちは途中《とちゅう》で電車を降りることになった。

◇　◇　◇

「人が多くて、駅から近い楽しい場所って言ったら、やっぱりここでしょ！」

そう言ってみずきが自信満々に連れてきた場所は、駅のすぐそばにあるゲームセンターだった。

よくあるチェーン展開しているゲームセンターだが、筐体《きょうたい》ゲームからクレーンゲームまで幅広《はばひろ》く取り扱《あつか》っており、学生から家族連れまで大人気だ。

さらにこのゲームセンターは、地元で最も大きな駅がすぐそばにあるということもあって、同じビル内に他のアミューズメント施設《しせつ》やアパレルショップも備わっているため、一層人気があった。

自動ドアを抜《ぬ》けると、ジャラジャラとメダルゲームの音が聞こえてくる。

「懐かしいなぁ。ゲーセンとか子どもの頃来たっきりだ」

みずきが目を丸くする。

「そうなの？」

「だって、こういう場所ってあんまり一人で来にくいじゃん。昔は家族と一緒《いっしょ》に来てたんだよ」

「え？　普通に友達と来れば――はっ！　ご、ごめん！　なんでもないよ！　あはは！」

俺に友達がいないのを察して笑ってごまかすな。

傷つくでしょうが……。

その横で、綾乃が興味深そうにぐるりと店内を眺《なが》めている。

「どうした綾乃？　なにかやりたいゲームでも見つかったのか？」

「やりたいゲーム……？　ゲーム……。ねぇ、どうしてみんなこんなところに集まってゲームなんてしているの？　あぁいうのって家でするものじゃないの？」

ゲームセンターのありかたを根本から否定しにかかるんじゃねぇよ……。

るから！」

「ゲーセンってのはこういうもんなんだよ！　ここでしか遊べないゲームとかめっちゃあ

「けど、ほら見て、あのゲーム！　あれ、一回二百円って書いてるわよ⁉　『一回』って

なに⁉　家庭用ゲームを買って何回でも楽しめばいいじゃない！　どうして一回ごとにお金を払《はら》うの⁉　詐欺《さぎ》じゃない⁉」

「詐欺じゃねぇよ！　ゲーセンってのはそういうものなの！　……つーか、もしかして綾乃、こういうとこ初めてなのか？　子どもの頃とか一緒に来たことなかったっけ？」

「……私、子どもの頃は割とアウトドア派だったから。セミとりとか好きだったわ。たぶん今はもう触《さわ》れないけど……」

そういや、綾乃に連れられてわけわかんねぇ森の中に入って、俺と結奈《ゆな》と綾乃の三人で遭難《そうなん》しかけたことがあったっけ……。

あの時は怖《こわ》かったけど、もう二度とそんな経験をすることもないと思うと、今となってはいい思い出だな。

とりあえず俺たちは、なにかおもしろそうなものがないかと店内を巡ることとなった。

綾乃は未《いま》だにゲームセンターに対して不信感を抱いているのか、まるで品定めするような目でじとりとメダルゲームを眺め歩いている。

「ねぇねぇ、幸太《こうた》。あれ！　あのゲームはどういうものなの？」

「あれはな、タイミングよくボタンを押《お》して、ツタを一生懸命《いっしょうけんめい》のぼっている動物たちを池に落とすゲームだ」

「なんで⁉　かわいそうじゃない！」

「大物ほど落とすのが難しく、見返りも多い」

「そういうことじゃなくて！　どうしてそんなことするの⁉　池に落としてなにが楽しいの⁉　これ、子どもがやるのよね⁉　ＰＴＡに目をつけられたりしないの⁉」

「いや、まぁ、そういうもんだし……」

「これ作った人は動物に家族でも殺されたのかしら……。そう考えれば多少納得《なっとく》はできるけど……」

それで納得できるのか……。

綾乃は恐る恐るといった様子で、今度は中央にそびえる一際《ひときわ》大きな台を指さした。

「じゃあ、あれはなに？　みんなぐるっと囲むように座《すわ》って、持ってるメダルを落としているようだけれど……」

「あれはコイン落としだな。前後に動くバーのタイミングに合わせてメダルを投入して、中間にある輪の中にメダルを入れる」

「ほ……。それなら大丈夫そうね。ところで、正面についてる液晶《えきしょう》画面はなんなの？」

「輪の中にメダルが入ると、液晶の中でスロットが始まるんだ。で、その台では出てくる動物をハンターが捕獲《ほかく》に成功すれば、さらに多くのコインがもらえるぞ」

「また動物が⁉　ねぇ、どうして⁉　どうしてまた動物がそんな悲惨《ひさん》な目に遭《あ》うの⁉」

「そ、そんなこと俺に言われても……」

「うぅ……。ＰＴＡの皆《みな》さんこちらです……」

呼ぶな。ＰＴＡを。

そんな綾乃に、みずきが苦笑いを浮かべ、

「ここのメダルゲームは夢見《ゆめみ》ケ崎《がさき》さんには合わないみたいだね」

「私がおかしいの……？　いいえ。そんなはずない。間違《まちが》っているのは世界の方よ……」

話の規模を大きくするな。

みずきは奥《おく》にあるエレベーターを指さし、

「気を取り直して、ちょっと体でも動かしてみない？」

「体……？」

◇　◇　◇

みずきに連れられ、俺《おれ》たちはゲームセンターよりも上階にあるアミューズメント施設へと足を運んだ。

ここではボウリング、卓球《たっきゅう》、バスケ、バッティングセンターと、体を動かすには持ってこいな施設が山のように取り揃《そろ》えられている。

今日は運よく待ち時間もないということなので、俺たちはパスを購入《こうにゅう》し、手始めにボウリングエリアへとやってきた。

綾乃はどこか余裕の面持《おもも》ちで、

「ふふふ。ボウリングなんて久しぶりだわ」

「なんだよ綾乃。ゲームセンターは行ったことないのに、ボウリングはできるのか?」

「あたりまえよ。私、ボウリングだけは自信があるのよ。小さい頃なんて何度もストライクを出してたんだから」

「へぇ、知らなかった」

上部に取り付けられた表示板によると、俺、みずき、綾乃の順だった。

「よし。まず俺か」

ボウリングの球を持ってレーンへ向かうと、視界の端《はし》で綾乃が席を外し、どこかへ行くのが見えた。

なんだ？　どこに行くんだ？

「がんばってー、幸太」

みずきの声援《せいえん》に、再びレーンへ集中する。

「おぉし！　まかせろ！」

そう言って全力投球した俺の球は、二回ともピンの中心をやや外れ、合計七本というしょっぱい記録となった。

「うぅむ……。微妙《びみょう》……」

席へ戻って周囲を見回すが、綾乃はまだ戻ってきていないようだった。

「綾乃はどこに行ったんだ？」

「ほら、あそこ。受付でなにか話してるよ」

みずきに促《うなが》されて見てみると、たしかに綾乃がなにか店員さんと話をしていた。

あまり一人になってほしくないが、これだけ近くにいれば問題ないだろう。

「よぉし！　次はボクの番だよ！　見ててね幸太！」

「おー。がんばれー」

と、レーンに立ったみずきは、一投目でピンを九本倒《たお》し、二投目で見事スペアを取った。

「やったー！　幸太、見てた？」

「うまいうまい。みずきってなにげに運動神経そこそこいいよなー」

「えへへー。すごいでしょ！」

みずきが自慢《じまん》げに胸を張る中、「あら？　もう投げちゃったの？」と綾乃の声が割って入る。

「あぁ、綾乃。お前なにして――!?」

後ろにいる綾乃を振《ふ》り返った瞬間《しゅんかん》、思わず言葉を呑《の》み込んでしまった。

何故《なぜ》なら、綾乃の腕《うで》には、子ども用のボウリング滑《すべ》り台《だい》が抱《かか》えられていたからだ。

「綾乃……。おま……。それ、どうした……？」

「どうしたって、借りてきたのよ。ボウリングって言ったら、これがないと話にならないでしょ？」

「いや、お前……。それ、子ども用だぞ？」

「子ども用？　あはは。なに言ってるのよ、幸太。これを使わないでどうやって球をピンまで運ぶっていうのよ」


投げるんだよ！

「お前……。周り見てみろ。それ使って球投げてる大人がいるか？」

「あら？　そう言われれば……。このへんの人は、みんなボウリングって知らないのかしら？」

「それはお前だよ！　その子ども用滑り台は、普通《ふつう》大人は使わないの！　まぁ、球が重くて投げられないとかならいいんだろうけど……」

綾乃はしばらく考え込んだように、周囲と子ども用ボウリング滑り台とを見比べると、納得したように深く頷《うなず》いた。

「決めたわ。やっぱり私はこれを使う」

「なにがお前をそうさせるんだよ……。もういいよ。がんばれよ。応援《おうえん》するから」

「ええ。取ってやるわ。ストライク」

子ども用ボウリング滑り台を抱え、レーンへ向かう綾乃の後ろ姿は、何故か逆にかっこよく見えた。

綾乃は慎重《しんちょう》に滑り台の向きを調整していると、当然のように俺とみずきにこう言い放った。

「なにぼさっとしてるのよ、二人とも」

「え？　なに？」

「滑り台から球を発射した時、押さえておく人がいないと、発射した勢いで滑り台がずれるのよ。それを防ぐために二人もしっかり押さえててちょうだい」

いや、そんな滑り台あるある知らんし……。

綾乃の真剣《しんけん》な表情に気圧《けお》され、俺とみずきはしぶしぶ滑り台まで近づくと、がっちりと両脇《りょうわき》から体重を乗せた。

「これでいいのか？」

「待って。微妙に角度がずれたわ。西園寺くんの方向へ三センチずらして」

「……こうか？」

「行きすぎよ。幸太の方へ一センチ戻して」

細かいな……。

「これでいいか？」

「オーケー。完璧《かんぺき》よ」

納得がいったのか、綾乃は球を持ってくると、慎重に滑り台の上から転がした。

球はゴロゴロと勢いなく転がるも、途中で失速したりはせず、そのままピンまでたどりつき、見事ストライクを勝ち取った。

「おぉ！　すげぇ！　マジでストライクだ！」

「ボク絶対途中で止まると思った！」

綾乃は自慢げに胸を張り、

「ま、私にかかればこんなものよ」

と、髪《かみ》をかき上げた。

子ども用滑り台を使ってこんなに威張《いば》れるなんてすげぇや！

……けど、ほんとにちょっと楽しかったな。俺も次使わせてもらおう。

と、そんな話をしていると、三つとなりのレーンで歓声《かんせい》があがり、何事かと俺たちはそちらへ視線を向けた。

すると、大勢の観衆に見守られる中、堂々とガッツポーズをしている結奈の姿があった。

結奈の友達らしい女子中学生たちが、興奮したように言う。

「結奈ちゃんすごい！　またパーフェクト！」

「どうしてそんなことができるの⁉」

「もうプロになっちゃいなよ！」

……あいつ、なにしてんだ。

つーか受験勉強しろよ、中学三年生。

結奈の姿に気づいた綾乃が、

「あ、結奈ちゃん。ちょっとあいさつして――」

そう言って席を立とうとする綾乃の肩《かた》にそっと手を置いた。

「待て綾乃。今はだめだ」

「だめ？　なにが？」

「……今、俺があいつの兄だと知られると、比較《ひかく》されて俺が馬鹿にされてしまう」

「あぁ……。たしかに……」

たしかにって言うな！

もう少しフォローしろよ！

その後、俺たちは結奈にバレないよう、コソコソとボウリングをやり終えると、そのまま階下へと降りることにした。

◇　◇　◇

ビルの二階も、一階と同様ゲームセンターではあるが、一階のようなメダルゲームではなく、ここではクレーンゲームだけが設置されている。

みずきが興奮したように、クレーンゲームのガラスに両手をついて中を覗《のぞ》き込んでいる。

「うわぁ！　クレーンゲームなんて久しぶりだなぁ！」

「みずきはクレーンゲーム好きなのか？」

「うんっ！　大好きっ！」

え？　その笑顔《えがお》めっちゃかわいいんですけど……。

もしも告白されて死ぬなら、そんな笑顔で言われたい……。

みずきのあまりのかわいさに呆《ほう》けていると、またも綾乃が眉《まゆ》をひそめた。

「ちょっと待って。この景品、『ネコカリ』で三百円で売ってるわよ。普通にそっちを買った方が得じゃない？」

「夢のないことを言うんじゃありません」

「どうして？　クレーンゲームって、この中にある景品がほしくてやるんでしょう？　だったら買った方が得じゃない」

「お前はなにもわかってない……。いいか？　クレーンゲームっていうのはだな、ただ商品がほしくてやるんじゃないんだ。それまでの過程が大切なんだよ」

「過程？」

「そうだ。クレーンを動かす指先に全神経を集中させ、ほしい景品を手に入れる。それはただ景品を買うのとはわけが違《ちが》うんだよ」

「……よくわからないわ」

「ま、やってみればわかるって」

「そう？　じゃあ……」

綾乃はめぼしい景品を求め、整列したクレーンゲームの間をとことこと歩き始めた。

やがて、「これにするわ」と、一台のクレーンゲームの前で足を止めた。

見ると、いろんな色のクマのぬいぐるみが山積みされている。

「ぬいぐるみか。ま、これなら綾乃でも取れそうだな」

「なによ、その言い方。見てなさい。私が一発で楽々取ってあげるわよ」

百円玉が入ると、ピコピコと中のライトが点滅《てんめつ》する。

綾乃は操作方法を確認して恐《おそ》る恐るボタンを押し、クレーンを操作した。

グワングワンと揺れるクレーンが、頭一つ飛び出したクマのぬいぐるみへとゆっくり降下する。

だが、クレーンのアームはクマの頭を軽くなぞっただけで終わってしまった。

「なっ⁉　なんでよ！　場所は完璧だったじゃない！」

「狙《ねら》いが悪かったな」

「狙い？　どういうこと？　頭が出てて掴みやすそうじゃない」

「アームの力は限られてる。今綾乃が狙ったクマのぬいぐるみは、頭は出てても、体は全部埋《う》まってるだろ？　あれじゃあ持ち上がるわけねぇよ」

「……なるほどね。だったら次は、奥にちょこんと倒れているあのクマを狙うわ。あれだったら上に他《ほか》のぬいぐるみものってないし、狙いやすいでしょ」

「まぁ、そうだな。けど、アームできちんと中心を捉《とら》えないと持ち上がらないぞ？」

「私を誰だと思ってるのよ」

お前クレーンゲームどころかゲームセンター初めてじゃねぇか……。

どこからその自信がわき出してくるんだよ……。

だが、綾乃の自信とは裏腹に、クマの体はアームからするりと抜け落ち、ぬいぐるみが浮かび上がることさえ一度もなかった。

「どうしてよ！」

「……俺が代わりにやってやろうか？」

「……ふっ。情けは無用よ。こうなったら意地でも取ってやるわ」

そう言い放ち、ことごとく失敗を続けること早十分。綾乃は財布《さいふ》から三枚目の千円札を取り出すと、ビシッとみずきへ差し出した。

「西園寺くん！　両替《りょうがえ》をお願い！」

「ゆ、夢見ヶ崎さん！　さすがにもうやめておいた方が……」

「とめないで！　ここでやめたら今までの努力がパーじゃない！」

こいつには絶対ギャンブルとかやらせないでおこう……。

綾乃が差し出していた千円札を取り上げ、それを無理やり綾乃の財布にしまう。

「なにするのよ！　私の戦いはまだ終わってない！　私はまだ負けてない！」

「もうそのへんにしとけ。これくらい、俺が取ってやるよ」

「はっ！　幸太になにができるっていうのよ！　あんまりクレーンゲームをなめないでちょうだい！」

どの口が言ってんだ……。

俺は自分の財布から取り出した百円玉を一枚入れると、ボタンを押してアームを操作し、綾乃がさっきまで狙っていた位置からやや離《はな》れた場所に突《つ》き刺した。

その様子を見て、綾乃が呆《あき》れたように鼻で笑う。

「あらら。全然見当違《けんとうちが》いな場所じゃない」

「まぁ見てろって」

「……？」

首を傾《かし》げる綾乃は、次の瞬間、アームの先にクマがぶらさがっているのを見て、ぎょっと目を丸くした。

「そ、そんな馬鹿《ばか》な！　ありえないわ！　いったいどうして――はっ！　商品タグ⁉　タグの輪っかにアームが引っかかってるわ！」

ガコン、とクマのぬいぐるみが穴に落ちると、それを綾乃へ手渡《てわた》した。

「やるよ」

ぬいぐるみを手渡された綾乃は、ぽかんと口を開けていたが、やがてかすかに声を漏《も》らした。

「……ま……」

「ま？」

「ま……」

「……？」

綾乃はにんまりと口角を緩《ゆる》めながら、

「まぁ、幸太にしてはなかなかやるじゃない。褒《ほ》めてあげるわ《すっごーい！　すごいすごいすごいっ！　今、タグに引っかかってた！　ガシッて！　すごいすごい！　こうちゃん天才！　かっこいぃぃぃぃぃ！　今すぐ婚姻《こんいん》届け出したい！》」

「お、おぉ……。どういたしまして……」

嬉《うれ》しそうでなによりだよ……。

これだけ喜んでくれたら取ってやったかいがあったってもんだ。

綾乃は俺が渡《わた》したぬいぐるみをじっと見つめて、

「《あれ？　そういえばこれってもしかして、こうちゃんからのプレゼント!?　やっばぁ！　一生の宝物じゃん！　あっ！　なんかほのかにこうちゃんの匂《にお》いがするし！　決めた！　今日からこのぬいぐるみと一緒に寝《ね》る！》」

いや、そこまで喜ばなくても……。

つーか俺の匂いなんかしねぇだろ……。

過剰《かじょう》に喜ぶ綾乃に呆れつつも、近くにいたみずきに視線を向け、

「なぁ、みずき。お前はなにか欲《ほ》しいものとかあるのか？　なんだったら俺が取ってやってもいいぜ」

そう言ったのだが、みずきはとなりの台をじっと見つめていて、俺の言葉は聞こえていないようだった。

「みずき？」

「……えっ？　あ、ごめん！　なんだって？」

「どうしたんだ？　なにか欲しいものでもあるのか？　俺が取ってやるぞ？」

「え、え〜っと……」

みずきはさっきまで見つめていた台を一瞥《いちべつ》するが、すぐになんでもないように笑顔を作った。

「ううん！　ボクは大丈夫《だいじょうぶ》だよ！」

「そうか？　それならいいけど……」

みずきは壁《かべ》にかけられている時計を指さし、

「それより、今日はもうそろそろ帰ろうか。あんまり遅《おそ》くなったら怒《おこ》られるし」

「あぁ、そうだな……。じゃあ、先に下に行って待っててくれるか？」

「ん？　まだなにか用事があるの？　ならつき合うけど」

「まぁいいからいいから」

いつも通りこてんとかわいらしく首を傾げるみずきと綾乃を追いやると、俺は改めてクレーンゲームに向き直った。

◇◇◇

一階へ降りると、二人は出入口付近にあるベンチに腰掛《こしか》けていた。

俺があげたぬいぐるみをじっと見つめては、喜んでいるのがバレないよう必死で口元に力を入れている綾乃。

それに比べ、みずきはどこか寂《さび》しげな表情を浮《う》かべていた。

「よぉ。悪いな、待たせて」

ぼんやりしていたみずきが、パッと笑顔を作ってこちらを見やる。

「ううん。大丈夫。それより幸太、一人でなにしてたの？」

「いやぁ、まだちょっと遊び足りなくてな。で、クレーンゲームでこれ取ったんだ。俺は使わねぇし、みずきにやるよ」

そう言って、俺は四葉のクローバーの刺繍《ししゅう》がされたポシェットをみずきに手渡した。

みずきが、はっと驚《おどろ》いたような表情でこちらを見つめる。

「幸太、これ……《ボクが欲しかったポシェット……。けど、男のフリしてるボクがこんなの欲しがったら変に思われると思って黙《だま》ってたんだけど……。もしかして幸太、ボクがこれ欲しがってるってわかって……》」

無論、心の声が聞こえる俺には、みずきがこの景品を欲しがっていることがすぐにわかった。

だが、あの場で「取ってやる」なんて言ったら、みずきは男のフリを貫《つらぬ》こうとするために、無理をして断っていただろう。だからこっそり取ってきたのだ。

「まぁ、たまたま目についたんでな。結奈の趣味《しゅみ》じゃないし、悪いけどもらってくれねぇか？」

みずきには普《ふ》段《だん》から世話になってるしな。

こんな時くらい、恩返ししとかねぇとバチがあたる。

みずきは俺があげたポシェットをじっと見つめると、どこか恥《は》ずかしそうに、けれど目《め》一杯《いっぱい》の笑顔でこちらを見上げた。

「ありがとう幸太！　大事にするよ！」

「おう」

その横で、綾乃は未だに自分がもらったクマのぬいぐるみを見つめ続けていた。

「《よし！　この子の名前は綾乃の『あや』と、こうちゃんの『こう』から取って、『アヤコウ』に決めたわ。うふふ。これからよろしくね、アヤコウ》」

また勝手に人の名前をもじりやがって……。

詩仁《うたに》竹子《たけこ》のペンネームもそうやって安直に考えたんだろ……。

「《あぁ！　アヤコウからこうちゃんの匂いがする！　すーはーすーはー！》」

だからしねぇって……。

◇　◇　◇

その後、俺たちはゲームセンターをあとにして、再び駅へと戻《もど》ってきた。

「いやぁ、楽しかった。また三人で遊ぼうね！」

満足したようにみずきが言う。

最初は不安だったけど、案外楽しいもんだな。

「そうだな。次は三人でカラオケにでも行くか」

「あはは！　幸太カラオケ大好きだね！」

綾乃が「あっ」と声を漏らし、ガサゴソと鞄《かばん》をあさり出す。

何事かと見ていると、引き抜かれた綾乃の手には、『海岸線で君想《おも》う時』が一冊握《にぎ》られていた。

綾乃は取り出したその本を「はい」と、どこか気恥《きは》ずかしそうにみずきへと手渡した。

「約束してたでしょ。詩仁竹子のサイン本」

みずきは興奮したようにぱっと目を見開き、

「詩仁先生のサイン本！　ほんとにもらっていいの⁉」

「えぇ。どうせ余ってるしね」

「ありがとう！　大事にするよ！」

「そ、そう……《私が書いたサインだなんて、西園寺くんには言えないわね……》」

そんなやりとりをしている最中、突然《とつぜん》俺《おれ》の耳にとある声が飛び込んできた。


「《夢見ヶ崎綾乃！　どうしてあんなやつが！》」


キィン、と耳鳴りがするほどの大きな心の声。

綾乃に対して敵意剥《む》き出しの、若い女のものだ。


間違いない！　あいつだ！

はっとして周囲を見回すが、駅には人が大勢いて声の主を特定できない。

「幸太？　どうかしたの？」

俺が周囲を警戒《けいかい》していることに気づいたのか、綾乃が不審《ふしん》そうにこちらを見つめている。

だが、いま綾乃に構っている暇《ひま》はない。

俺は声がした方向へ一歩踏《ふ》み出し、聞こえてくる心の声を精査するため、聴覚《ちょうかく》に全神経を集中させた。

「《はぁ……。今日も疲《つか》れたなぁ》」「《今夜はカレーでも作ろっかな》」「《あ、スマホ会社に忘れてきた……。サイアク……》」「《ねむぅ……》」「《人多いなぁ》」

くそっ！　だめだ！　それらしい声は――

「《これでもくらえ！》」

一際大きなその声が聞こえた方向から、放物線を描《えが》き、なにかがこちらへ飛んでくる。

「危ない！」

みずきと綾乃がいるところへ飛んできたその物体を、慌《あわ》てて手で叩《たた》き落とすと、ガシャン、と甲高《かんだか》い音がして、なにかが地面に散らばった。

綾乃が慌てた様子でこちらへ駆《か》け寄ってきて、

「ちょっと大丈夫⁉　今、なにか飛んできたみたいだけど……」

みずきも遅《おく》れてやってきて、地面に散らばった物体を見下ろした。

「これ……。ペンケース？　けど、なんで……？」

見ると、飛んできた物体は、みずきの言う通りペンケースだったようで、俺が床《ゆか》に叩きつけたせいで、ペンや消しゴムが一面に散らばっていた。

慌ててペンケースが飛んできた方に視線を向けると、人混《ひとご》みの中、走って遠ざかる人影《ひとかげ》がちらっと視界に入った。

その後ろ姿はまぎれもなく、俺たちと同じ、峰淵《みねぶち》高校の制服を着ている女子学生だった。

まさか、ストーカーは俺たちと同じ学校の生徒なのか……？

だとすると、学外よりも、学内の方が危険かもしれない……。

綾乃とみずきは手分けして散らばったペンケースの中身を集め終えると、不安そうな表情をこちらに向けた。

「ね、ねぇ、幸太。これって、例のストーカーの仕業《しわざ》よね……？」

「……だろうな」

投げられたのがペンケースではなく、石だったら……。

もしも、それが綾乃にぶつかっていたら……。

否応《いやおう》なく頭の中を巡《めぐ》る負の想像に、俺たちは顔を見合わせた。

できるだけ平静を装い、綾乃に言う。

「そんな心配そうな顔するなって。今も守ってやったろ」

「けど……」

「大丈夫！　俺がすぐにストーカーを捕《つか》まえてやるからさ！」

綾乃は俺の言葉に安堵《あんど》したのか、少し表情が和《やわ》らいでいる。

「うん……。ありがとう、幸太」

「おう！」

犯人は十中八九、学内の人間……。

そのことを話すべきか否《いな》か、結局俺はこの場で決めることができなかった。

第四章『ストーカーと二者択一《にしゃたくいつ》』

翌日。学校が休みということもあり、俺は昼から神楽猫《かぐらねこ》神社へ赴《おもむ》いていた。

境内《けいだい》に足を踏み入れるなり、白夜《びゃくや》がガシガシと爪《つめ》を立てて俺の体へ登ってくる。

「よぉ、白夜。今日も元気だな」

「にゃあ！」

「例の賽銭泥棒《さいせんどろぼう》はもう捕まったのか？」

「にゃあ……」

白夜の声色《こわいろ》から察するに、どうやら捜査《そうさ》の進捗《しんちょく》は芳《かんば》しくないらしい。

白夜がじゃれついて俺の指を甘噛《あまが》みしていると、拝殿《はいでん》から疲れた様子の猫姫様《ねこひめさま》が、肩をぐるぐると回しながら姿を現した。

「おーい、白夜ぁ。わしの腰《こし》を揉《も》んでくれぇ。地図とにらめっこしすぎて腰が痛くてかなわん」

「猫姫様……。白夜にマッサージまでさせてるんですか？」

「むっ。なんじゃ幸太《こうた》。来ておったのか。……で、土産《みやげ》はどこじゃ？」

「今日はありません。それより白夜をあまりこき使うのはやめてください。かわいそうです」

「白夜をそこらの猫《ねこ》と一緒《いっしょ》にするでないわい。そやつは見た目はただの猫でも、れっきとした神の使いじゃぞ。多少手荒《てあら》く扱《あつか》ったところでくたびれたりせんわ」

自分は神様のクセに腰痛めてるじゃん……。

「そんなことばかりしてるから、白夜は猫姫様じゃなくて俺に懐《なつ》いてるんじゃないですか？」

「なんじゃと⁉　おい白夜、それは真《まこと》か⁉　お前はわしより幸太に懐いておるのか⁉」

問いかけられた白夜は、それはそれは気まずそうな顔をして、今にも消え入りそうに「にゃあ……」と一鳴きした。

猫姫様は、ふん、と自慢げに胸を張ると、

「ほれ見ろ！　白夜はきちんとわしに懐いておるじゃろうが！」

白夜がなんて言ったかは知らないけど、めっちゃ気を使ってるのだけは伝わってくる……。

こいつも大変だなぁ……。

猫姫様は俺から白夜をぶんどると、ぐしぐしと乱暴に頭を撫《な》でた。

がんばれ、白夜……。

「……と、ところで猫姫様、さっき地図がどうのとか言ってましたけど、なにかしてるんですか？　もしかして、この前の俺の悩《なや》みを――」

「うんにゃ。賽銭泥棒の住処《すみか》を特定しようと奔走《ほんそう》しとるところじゃ」

「あぁ……。そうですか……」

「すでにもう一歩のところまで奴《やつ》を追い詰《つ》めとる。心配するでない」

いや、そっちは別に心配してないんだけど……。

「さっき地図がどうのこうの言ってたのはその件だったんですね……」

「うむ。こっちの用件が済み次第《しだい》、お前が言っとった女もさがしてやるわい」

俺の用件は二の次なのか……。

半ば呆れていると、猫姫様に抱《だ》かれた白夜が、なにやらにゃあにゃあと忙《せわ》しなく鳴き声をあげた。

猫姫様が、その声に「む？」と首を傾げる。

「なんじゃ、白夜？」

「にゃあにゃあ！」

「ふむふむ……」

「にゃにゃ！　にゃー！」

「むむむ……」

「にゃにゃにゃ！　にゃーにゃ！」

「おぉ！　そうじゃったそうじゃった！」

と、俺《おれ》を置き去りに、猫姫様は納得《なっとく》したような声を漏らした。

「あの、どうかしたんですか？　白夜、なんて言ったんですか？」

「いやな、お前を水晶玉《すいしょうだま》で監視《かんし》しとると言うたことがあるじゃろ？　すっかり忘れておったが、あれには録画機能があるんじゃ！　わはは！　こりゃまいった！」

そういうのってすっごく大事だと思うんだけど……。

「おい、白夜。水晶玉を取ってこい」

「にゃあ！」

猫姫様に指示された白夜は、勇んで拝殿の中へ飛び込んでいくと、それからしばらくして境内へと戻ってきた。

両前足を器用に使い、水晶玉をコロコロと転がしている。

器用だなぁ……。

これだけで金を稼《かせ》げそうだけど、猫姫様に言ったら白夜が酷使《こくし》されそうだから黙っておこう……。

「にゃあ！」

「うむ。ごくろう、白夜」

猫姫様は白夜が転がしてきた水晶玉を手に取ると、それを俺の目の前に掲《かか》げ、

「それで？　お前が言う例の輩《やから》の気配を感じ取ったのはいつじゃ？」

「えっと……。一度目はこの前映画館で……。それから二度目が、昨日駅で……」

「ふむ。ではそこまで録画を戻してみるか」

水晶玉の中に、今まさに俺が境内で水晶玉を見ている様子が浮かび上がる。

斜《なな》め上方《うえ》から撮影《さつえい》されているようなアングルに、驚いて目線を上げるがそこにはなにもない。

映像がキュルキュルと、まるでＤＶＤの巻き戻し機能のように風景を遡《さかのぼ》っていくと、ピタリと止まった。

猫姫様が、不審そうな目を水晶玉に向けるが、そこに映し出されているのはベッドの中で眠《ねむ》りこけている俺の姿だけだった。

「あの、猫姫様？　なんでこんなところで止めたんですか？」

「ちょっと待てい……。これは……むむむ……」

猫姫様に促《うなが》され、しかたなく映像を眺《なが》めていると、ベッドで眠りこけている俺の向こうで、きぃ、と小さな音を立て、部屋の扉《とびら》が開かれた。

「なんだ……？　誰《だれ》か入ってくる……？」

何事かと目を凝《こ》らしていると、部屋の中に入ってきたのは、なんとパジャマ姿の綾乃《あやの》だった。

「え……。ちょ……」

綾乃は俺が寝ているのを確認《かくにん》すると、布団《ふとん》に潜《もぐ》り込むでもなく、ただ横に立ってうっとりした視線を俺に向けている。

「こっわ！」

その後、しばらくして満足したのか、綾乃は寝ている俺に気配を悟《さと》られることなく、そのまま部屋をあとにした。

猫姫様が、うぅむ、とうなり声を上げる。

「どうやらストーカーは見つかったようじゃが……」

「違う！　それじゃない！」

「これはほっといてもよいのか？　例のストーカーとなにが違うんじゃ？」

ぐぬぬ……。はっきりと言い返せないのがつらい……。

こんな夜更《よふ》けに結奈《ゆな》が起きてるとも思えないし……。

合鍵《あいかぎ》か？　合鍵を使って家に入ったのか？

「と、とにかく、これじゃありません！　もっと前に戻してください！」

「ぅぅむ……。まぁ、幸太がそれでよければ問題ないが……。なにかあったらすぐにわしに相談するんじゃぞ？」

まさか猫姫様に同情の視線を向けられる時がくるとは……。

再びキュルキュルと巻き戻り始めた景色は、昨日、駅でペンケースを投げつけられたシーンへたどり着いた。

投げた瞬間《しゅんかん》は映っていないが、アングルが変わり、犯人らしき女が逃《に》げていく後ろ姿が映っている。

やはり、昨日見た通り、俺たちと同じ峰淵《みねぶち》高校の制服で、かすかに見えるリボンの色から、それが同学年であることがわかる。

真っ黒な髪を緑色のリボンで三つ編みにし、それが足を踏み出すたび、トントンと揺《ゆ》れた。

やっぱり見たことないな……。

一年生の頃《ころ》もクラスは別だったってことか……。

けど、最近では三つ編みの子って少ないし、今度学校に行った時さがせば見つかるかもしれないな……。

再び映像は時間を遡り、最初に女の声を聞いた映画館にまで戻ると、さっきの三つ編みの女子生徒が、綾乃の方をじっと睨《にら》みつけているのが映っていた。

今度はほぼ正面からの映像で、大きな黒縁《くろぶち》眼鏡をかけているのがわかった。

間違《まちが》いない。この子が綾乃のストーカーだ。

ということは、やっぱり原因はあのサイン会か……。

それとも、学校でなにかあったのか……？

「猫姫様、サイン会の日まで映像を戻してもらえますか？」

「無理じゃ。この水晶玉の映像は、古いデータは新しいデータに書《か》き換《か》えられるようになっとる。サイン会があったのは結構前じゃろう？」

ドライブレコーダーかよ……。

けど、相手の顔はわかった。

これでなんとか話をつけられるかもしれない。

「ありがとうございます、猫姫様。これでなんとかなりそうです」

「ふむ。ようやくお前もわしの偉大《いだい》さがわかってきたようじゃな」

「あ、あはは……」

「なにを引きつった顔をしとるんじゃ。……ふぅむそうか。わしにはよぉわからんが、やはり人間というやつは大層ストレスに弱いようじゃな」

「はい……？」

「えぇい！　みなまで言うなっ！　そこまで幸太がストレスを抱《かか》えとるというのであれば、わしの頭を貸してやろうではないか！」

「あ、頭……？」

「遠慮《えんりょ》するでない！　ほれ！　なでなでせい！」

「え、いや……」

「前にも言うたじゃろうが！　わしの頭には癒《いや》しの効果があると！」

「それって野良猫《のらねこ》なでても同じって言ってませんでしたっけ……」

「ほれほれ！　はよぉなでい！　わしはこの町一番のもふもふじゃぞ！」

ぐいぐいと頭を押《お》しつけてくる猫姫様の勢いに負け、俺は恐る恐る手を伸《の》ばした。

ぴょこんと伸びた両耳の間に手のひらをのせると、たしかにふわっとした柔《やわ》らかさが伝わってくる。

ふぅむ……これは中々……。

ぐしぐしと頭をなでていると、猫姫様が「むふふ」だの、「でへへ」だのと楽しそうな声を漏らし、口角をにんまりと吊《つ》り上げていた。

なんで猫姫様が楽しそうな顔してるんだろう……。

一頻《ひとしき》り猫姫様のもふもふを堪能《たんのう》すると、ぱっと手を離した。

「あ、ありがとうございました、猫姫様。なんだかとっても癒されました」

「む？　なんじゃ？　もうよいのか？」

「はい。もうお腹《なか》いっぱいです……」

それにあとでお金とか要求されそうで怖《こわ》いんで……。

「むぅ……。まぁいいじゃろう。またわしのもふもふが恋《こい》しくなったらいつでも言え。特別に堪能させてやるわい」

「あ、あはは……。どうも……」

そうして、俺は神楽猫神社をあとにした。

◇　◇　◇

週明けの登校日。

普段は家を出るとまっすぐ駅へ向かうのだが、今日は少し違っていた。

隣家《りんか》である綾乃の家の玄関前《げんかんまえ》へやってくると、そこにあるチャイムを押す。

ピンポーン、というありふれた電子音が流れてしばらくすると、カチャリと扉が開き、綾乃が姿を現した。

綾乃はどこか気恥ずかしそうな調子で目を泳がせながら、

「お、おはよう、幸太」

「おはよう」

「そ、それで、今日は急にどうしたのよ。一緒に学校へ行きたいだなんて、珍《めずら》しいじゃない」

前日の夜、俺は綾乃に連絡《れんらく》を入れ、下校だけでなく登校も時間を合わせて一緒に行こうと提案した。

つい先日までは、人目がある日中であれば安全だと高をくくっていたが、人目のある駅で物を投げてくるような相手だ。油断はできない。

「まぁな。……つっても、よく一緒に登校してるけどな」

「あ、あはは！　あれは偶然《ぐうぜん》だからね!?　偶然！」

わかりやすく動揺《どうよう》するなよ……。

いっつも玄関《げんかん》で待ち伏《ぶ》せしてるのがバレるぞ……。

「それと、ちょっと聞きたいんだけどいいか？」

「な、なによ……」

「綾乃さ、もしかしてうちの合鍵とか結奈からもらってない？」

「ええ。それなら再会した日に結奈ちゃんから渡されたわよ？　緊急《きんきゆう》の時とかに使ってって。それがどうかしたの？《まさか、最近夜な夜なこうちゃんの部屋に勝手に侵入《しんにゆう》してることはバレたりしてないだろうけど……》」

バレてんだよ……。

それと、『緊急の時とか』ってなんだよ、『とか』って！

せめて緊急の時だけにしろよ！

「へ、へぇ。そうだったのか……」

愛想《あいそ》笑《わら》いを浮かべる俺の胸中など知らず、綾乃は髪《かみ》をそっと耳にかけると、嬉しそうに足を踏み出した。

「じゃ、じゃあ、学校へ行きましょうか《こうちゃんと待ち合わせデート嬉しい！》」

デートではないな。

俺は適当に相槌《あいづち》を打ち、綾乃の背中を追った。

◇　◇　◇

綾乃のストーカーがうちの生徒だということは、まだ綾乃とみずきには言っていなかった。

だが、相手の特徴《とくちょう》が判明したことで、こちらから探《さぐ》りを入れることが可能になった以上、二人に相談した方が賢明《けんめい》だろう。

綾乃と共に学校へ到着《とうちゃく》すると、すでにみずきも自分の席に座《すわ》っていて、こちらに気づくと「やっほー」と手を振《ふ》ってきた。

まだ早い時間だということもあり、教室に生徒は数名しかいない。相談するなら今だ。

「なぁ二人とも、ちょっといいか？」

俺は綾乃とみずきを集め、改めて今までに判明していることを順序だてて説明した。

みずきは訝《いぶか》しげな表情を浮かべ、

「つまり、映画館で夢見《ゆめみ》ケ崎《がさき》さんを睨んでいる女の子がいて、幸太はそれを不安に思ったってこと？」

無論、相手の心の声が聞こえて気づいた、とは言っていない。

「あぁ。……それにこの前、駅でペンケースを投げつけてきた奴も同一人物だった」

綾乃は、うぅん、とうなり声を上げながら顎《あご》に手を当てた。

「三つ編みで……黒縁眼鏡の女子生徒……。そんな子、この学校で見たことあったかしら？」

「綾乃も誰かにつけられている気配は感じてたんだろ？　きっとそいつの仕業だ」

「けど、どうして私をストーキングなんてするの？　理由がないじゃない」

「それは……ほら……あれだよ……」

「あれ……？」

みずきから隠《かく》れるように綾乃を遠ざけ、そっと耳打ちする。

「相手はお前のファンだよ。きっと、サイン会の時にお前の姿を偶然見かけたんだろう」

「あぁ、なるほど。ファンの嫉妬《しっと》とか逆恨《さかうら》みってやつね。……けど、どうしてわざわざ西《さい》園寺《おんじ》くんに聞こえないように小声で言うの？」

「お前が秘密にしてくれって言ったんだろうが！」

「……あ、そうだったわね。すっかり忘れてたわ」

すっかり忘れるなよ……。

しかも、みずきはお前のペンネーム『詩仁竹子《うたにたけこ》』が『二武幸太《にたけ》』のアナグラムだって気づいてるんだよ。

綾乃が詩仁竹子だってバレたら、絶対その話になるだろ……。

そしたら、自分の想いがバレた綾乃がどんな行動を起こすかわかったもんじゃないしな……。

綾乃が詩仁竹子だってことは、このまま黙り通すのが得策だ。

俺が綾乃に耳打ちしていることが気に食わなかったのか、みずきがぶーぶーとブーイングを入れた。

「ボクを除《の》け者《もの》にしないでよー！」

「わ、わりぃわりぃ。……で？　どうだ？　みずきは友達多いだろ？　三つ編みに黒縁眼鏡の女子生徒なんて見たことないか？」

「まぁ、幸太よりも友達は多いけど――」

うるせぇ。

「――そんな子知らないなぁ」

「みずきでも知らないか……。となるとここは、俺たちで休み時間を使って他所《よそ》の教室に行って、三つ編みの女子生徒をさがしだすしかないな」

「ま、それが一番だろうね」

みずきに続き、綾乃も小さく頷《うなず》く。

「そうね。見つけ出して、どうして私につきまとうのかたっぷり理由を聞かなくちゃいけないわね」

綾乃さん、お顔が少し怖いですよ？

◇　◇　◇

昼休み。俺たちは机をぐるりと囲み、各々《おのおの》の成果を報告し合った。

「俺の方はそれらしい奴は見つけられなかった。二人はどうだ？」

「私の方も全然よ。ほんとにそんな子いたの？」

期待外れの結果に二人してため息をついていると、みずきがこてんと首を傾《かし》げた。

「あれ？　ボク、普通《ふつう》に三つ編みの子の名前わかったよ？」

「えっ⁉　マジかよみずき⁉」

「ほんとにそんな子いたの⁉　どうやって見つけ出したの⁉」

声を揃《そろ》えて驚く俺と綾乃を他所に、みずきはどこか気まずそうに言った。

「えっと……その……ただ単に、他所の教室の子に、三つ編みしてる子知らないかって聞いたら、今日は休みだけどうちのクラスにいるよって言ってたから……」

あぁ……。なるほど……。

ごめんな！　俺たち友達いなくて他所の教室覗《のぞ》いただけだったから！

今日休みの子の情報とか手に入らないから！

自分の交友関係の狭《せま》さに打ちひしがれていると、みずきが元気づけるような口調で続けた。

「そ、それでね！　相手の子の名前は竜崎《りゅうざき》つくしさんって言って、数日前から学校を休んでるんだってさ！」

「数日前から？」

「うん。詳《くわ》しく聞いたら、ボクたちが三人で映画に行った次の日から来てないんだってさ」

映画に行った日……。

つまり、俺が初めて綾乃のストーカーの存在を知った翌日からというわけだ。

時機的にも、まず綾乃のストーカーの正体は竜崎つくしという人物で間違いないだろう。

竜崎つくし、という名前を聞いて、綾乃は眉《まゆ》をひそめた。

「竜崎つくし……ねぇ。やっぱり知らない名前ね《ということは……やっぱりあのサイン会に来てたのかしら……?》」

綾乃の予想通り、竜崎つくしという人物がサイン会で綾乃に目をつけたのなら、綾乃が相手の名前を知らないのも無理はない。

綾乃はサイン会では被《かぶ》り物《もの》をしていたが、その前のトークショーでの大立ち回りや、サイン会後は普通に顔を出していた。

以前、みずきが言っていたが、綾乃はその整った容姿から、学校で噂《うわさ》されているらしいし、詩仁竹子と夢見ヶ崎綾乃を結びつけるのはそう難しくはないだろう。

……けど、なんだろう……。

少し、喉《のど》に小骨が引っかかったような小さな違和感《いわかん》がある……。

俺はなにかを見落としている……?

けど、いったいなにを……?


「じゃあ、とりあえず今日の放課後、竜崎つくしの家に行ってみましょうか」

綾乃の突拍子《とっぴょうし》もない提案に、思わず「は……?」と間抜《まぬ》けな声が漏《も》れる。

綾乃は苛立《いらだ》ったようにトントンと指で机をつつきながら、

「だってそうでしょう？　このまま放っておいても相手を調子づかせるだけだもの。だったらこちらから行動を起こして意表を突くべきよ」

「まぁ……たしかにこれ以上後手に回って嫌《いや》がらせがエスカレートしたら大変だしな。けど、竜崎つくしがどこに住んでるかなんて――」

と、疑問を呈《てい》した瞬間、食い気味にみずきが「はい！」と元気よく手を上げた。

「それならボクわかるよ！　竜崎さんのことを教えてくれた子が知ってたから、ついでに聞いておいたんだ！」

綾乃は満足そうに腕《うで》を組み、

「西園寺くん。あなたはいい仕事をしたわ」

「えへへ。夢見ヶ崎さんに褒《ほ》められちゃった」

とんとん拍子《びょうし》で話が進み、俺たちは放課後、竜崎つくしの家へ赴くこととなった。

ただ、言い知れない一抹《いちまつ》の不安が、俺の胸中にどんよりと渦巻《うずま》いていた。

◇　◇　◇

ピンポーン。

放課後。学校から数駅離《はな》れたところにある、大通り沿いのマンション。五階の一番奥《おく》の部屋が、竜崎つくしの家だった。

チャイムを鳴らしてしばらく待つと、インターホンから女性の声が返ってくる。

『……はい……』

抑揚《よくよう》のない中年女性の声。

おそらく竜崎つくしの母親だろう。

「すいません。竜崎つくしさんの同級生で、二武幸太と言います。つくしさんは今、家にいますか?」

『……男の子?　つくしのお友達ですか?』

問われてから、男の俺が応対するべきではなかったと後悔《こうかい》したが、今更遅《いまさらおそ》い。

ここは相手の警戒心《けいかいしん》を煽《あお》らないよう、明るい口調に努めた。

「ええ、まぁ。最近つくしさんが学校を休んでいるようなので、心配になり、友人たちとお見舞《みま》いに来たんです」

『……お見舞い、ですか……』

母親は気乗りしないような口調で、終始歯切れ悪く答えた。

このままでは追い返されるかもしれない、と考えたと同時に、俺と同じ思考に至ったのか、みずきが口をはさんだ。

「すいません。少しだけでいいので会わせてもらえませんか？　顔を見たらすぐに帰りますので」

『……あら、女の子もいたのね……』

普段《ふだん》男装しているとはいえ、みずきもれっきとした女子。

声色だけならそう考えるのが普通だろう。

「あ、あの、ボクは女子じゃなくて――」

と、みずきが反論しようとしたところで、慌てて口を塞《ふさ》いだ。

せっかく母親がこっちに関心を示したんだ。こんな時までいちいち男だと訂正《ていせい》する必要はあるまい。

みずきに代わり、俺が続ける。

「お忙《いそが》しいところ、ほんとにすいません。少し話をすれば、すぐにお暇《いとま》しますので」

『……………』

返事はなかったが、代わりに扉の向こうから足音が近づいてきて、ガチャリと扉が開いた。

現れたのは、四十歳《さい》前後の女性。

地味な顔立ちではあるが、目鼻立ちが整っている。

しかし、化粧《けしよう》っ気がまったくなく、顔は土色で、頬《ほお》はうっすらとこけていた。明らかにやつれている。

母親は俺たち三人をじっと見回すと、

「……へぇ……つくしにも友達がいたのね。……あの子、普段は学校のこと話そうとしないから……」

「あの、それで、つくしさんは今、家にいるんですか？」

母親は短い溜息《ためいき》をつくと、

「それが……あの子、ここ数日、半分家出みたいな状態で……」

「半分家出？」

「……ええ。先週、突然《とつぜん》家に帰らなくなって……。一応連絡はあったんだけど……。学校にも行ってないみたいで……」

「それは半分というより、完全な家出では？」

「それがね……。一昨日《おととい》と昨日は家に帰ってきてたのよ……。なにをしてたのか聞いても全然答えなくて……。ずっと部屋に閉じこもってて……」

なるほど。

それで半分家出、か。

「その家出が始まったのはいつからか覚えてますか？」

「先週の水曜日よ……。その日は学校には行っていたみたいだけど、次の日から休んだって……。学校の先生たちも一応、授業が終わった後に周辺を探してくれたんだけど、見つからなくて……。けど、本人から『警察には言わないで、言ったらもう二度と帰らないから』って電話があって……。あの子は大人しい子で、今まで一度もこんなことなかったのに……」

先週の水曜日といえば、俺たちが映画を観《み》に行った日だ。

そういえば木曜日、俺とみずきが体育館裏の倉庫に閉じ込められた時、雨宮《あまみや》先生が緊急だとかで呼び出されてたな。あれは竜崎つくしの件だったのか？

やはりあの日を境に、竜崎つくしはおかしくなったと考えるのが妥当《だとう》だ。

けど、どうしてその日なんだ？

俺たちが映画を観た日、なにが竜崎つくしを暴走させたんだ……？

「あの、つくしさんがこれまでにおかしな言動をするようなことはありませんでしたか？　どんな些細《ささい》なことでもいいんですが……」

「おかしな……？　そうねぇ……。あ、そう言えば一度、部屋の中から泣き声が聞こえてきたわね……。普段はあまり感情を表に出さない子だから、心配で声をかけたの……。そしたら、『ほっといて、お母さんには関係ないでしょ』、って……」

「それは、ここ最近のことですか？」

「いいえ……。まだつくしが一年生だった頃の話よ……」

一年生の頃か……。

なら、関係ないか……。

竜崎つくしは、小説家として活躍《かつやく》している綾乃に対し、嫉妬心《しっとしん》、あるいは敵愾心《てきがいしん》を抱いていた。

そして、先週の水曜日、それが憎悪《ぞうお》に変わるなにかが起きた……。

だがあの日、綾乃は普段通りだった。

俺たちと映画を観ていただけで、竜崎つくしの気持ちを逆撫《さかな》でするとは考えにくい……。

もしも竜崎つくしが些細なことで逆上するような性格なら、それは普段からなんらかの形で表に出ていないとおかしい。

母親の証言によれば、竜崎つくしは普段から温厚《おんこう》な性格だったようで、今回のような家出は一度もなかったらしい。

温厚な竜崎つくしを凶行《きょうこう》に走らせた原因がわからない……。

結論の出ない問いに頭を悩ませていると、竜崎つくしの母親が申し訳なさそうに言った。

「あの……もういいかしら？」

「あっ。はい。お時間取らせてすいません」

「……こちらこそ、わざわざお見舞いに来てくれたのにごめんなさい。……そうだ。もしもどこかでつくしを見かけたら、家に帰って来るように言ってくれるかしら？」

「ええ。もちろん」

「……ありがとうね」

竜崎つくしの母親は消え入りそうな声でそう言うと、小さく頭を下げて家の中へ戻《もど》って行った。

◇　◇　◇

その後、エレベーターに乗り込み、減っていく数字をぼんやりと眺めていると、綾乃が残念そうにため息を漏らした。

「せっかくここまで来たのに、無駄骨《むだぼね》だったわね」

無駄骨……。

本当に、無駄骨だったのか……？

竜崎つくしの母親の証言を聞いた俺は、ずっと引っかかりを覚えていた。

なにかがおかしい……。

俺たちは、なにか大きな勘違《かんちが》いをしているんじゃ……。

何故《なぜ》だかわからないが、そんな考えがグルグルと頭の中を駆《か》け巡《めぐ》っている。

みずきが困ったように言う。

「けど、これからどうしよう？　竜崎さんが、夢見ヶ崎さんのストーカーで間違いないと思うけど、本人に会えないんじゃ話し合いのしようがないよね」

「大丈夫《だいじょうぶ》よ。さっきも言ってたでしょ？　土日は家に帰って来たって」

「そう言えば……」

「それってたぶん、土日は私へのストーカー行為《こうい》はしていないってことじゃない？　私、休みの日はほとんど家から出ないし、明るい時間にずっと家の前にいたら目立つしね」

「なるほどね！　じゃあ次は学校が休みの日にまたここに来れば会えるかもしれないね！」

「そういうこと」

「……あれ？　でもちょっと待って？」

「どうかしたの？」

「……竜崎さんが土日だけ家に帰ってるってことは、平日は夢見ヶ崎さんのあとをつけてるってことだよね？」

「まぁ、そうなるわね」

「……今日って平日じゃない？」

「そうね。それがどうしたの？」

「……もしも竜崎さんがボクたちのあとをつけていたとしたら、自分の家が特定されたってバレるの、まずくない？」

綾乃が返答する前に、チーン、と古いベルの音が響《ひび》き、エレベーターが目的の一階へ到着したことを告げた。

その瞬間、俺たちははっと息を呑《の》む。

何故なら、ゆっくりと開くエレベーターの扉の向こうで、竜崎つくしがこちらを睨みつけていたからだ。

三つ編みにした片方の髪は解け、黒縁眼鏡から見える目の下には不健康そうなクマが浮き出ている。

じっとりとこちらを睨む怒気《どき》のこもった瞳《ひとみ》と、乾燥《かんそう》して荒《あ》れ果てた唇《くちびる》。

そしてその手には、ギラリと怪《あや》しく光るハサミが握《にぎ》られていた。

その姿を見た瞬間、ぞっと背筋に冷たいものを感じた。

この感覚には覚えがある。

これは、間近に迫《せま》った死の感覚だ。

待ち伏せしていた竜崎つくしよりも俺が早く動けたのは、きっと以前、俺が死の感覚を体感していたからだろう。

エレベーターの扉が開いた瞬間、俺は竜崎つくしに飛びかかり、ハサミを持った手を地面に強く押しつけ、そのままのしかかるように体重をかけた。


「はなせえええええええ！」


初めて聞いた竜崎つくしの地声は、怒《いか》りに満ち溢《あふ》れていた。

くそっ！　なんて力だ！

竜崎つくしを取り押さえたまま後ろを振り返ると、突然の竜崎つくしの登場と、その手に握られていたハサミに足をすくませている綾乃とみずきの姿があった。

「二人とも！　早く逃げろ！」

俺《おれ》の声で、ようやく二人ははっとしたように目を見開く。

綾乃が慌《あわ》ててエレベーターのボタンを連打し、一度扉が閉まりかけるが、竜崎つくしの足がそれを拒《こば》んだ。

なんとか押さえつけている竜崎つくしの腕に、じっとり汗《あせ》の感触《かんしょく》が広がる。

まずい！　汗で手がすべる！

「走れ！　走って逃げろ！　急げ！」

そう指示を出すと、みずきと綾乃はエレベーターを諦《あきら》め、俺と竜崎つくしの横をすり抜《ぬ》けてエントランスの方へ飛び出した。

「幸太！　幸太も逃げないと！」

「こいつの狙《ねら》いは綾乃だ！」

「で、でも――」

「行け！　早く！」

「いや！　このままだと幸太が――こうちゃんが！」

「みずきぃぃ！　綾乃を連れて早く逃げろぉぉぉぉ！」

俺の言うことを聞かず、おろおろとしている綾乃の手を、みずきが無理やり引っ張った。

その直後、俺が押さえつけていた竜崎つくしの手がするりと抜け、竜崎つくしは持っていたハサミを勢いよく横一線へ薙《な》ぎ払《はら》った。

反射的に後ろへ飛び退《の》いてしまうと、竜崎つくしはその隙《すき》を見逃《みのが》さず、すかさず体を翻《ひるがえ》して綾乃たちがいる方向へ走り出そうとした。

「させるか！」

咄嗟《とっさ》に手を伸ばし、竜崎つくしの襟首《えりくび》を掴《つか》み、そのままエレベーターの中へと投げ飛ばし、急いで最上階のボタンを連打した。

勢いよく投げ飛ばされた竜崎つくしは、頭を強くぶつけたのか、よろけて立ち上がれないでいる。

「早く！　早く閉まれ！　早く！」

このまま竜崎つくしと距離《きょり》を取れれば、その間に逃げられる！

ガシャン、と扉が閉まると同時、エントランスへ逃げた二人に視線を向けると、まだ自動ドアの前で右往左往している最中だった。

「二人ともなにしてるんだ！　早く外へ逃げろ！」

みずきが、今にも泣き出しそうな顔でこちらを振り返る。

「そ、それが、この自動ドア、全然開かないんだよ……」

開かない……？

自動ドアの下をよく見ると、手で操作できる簡易なカギが設置されており、なにをされたのか、それが歪《ゆが》んでひん曲がっていた。

くそっ！　竜崎つくしがカギを閉めて壊《こわ》したんだ！

試《ため》しに指でつまんで動かそうとしてみたが、歪んでいるせいでびくともしない。

「だめだ！　二人とも非常出入り口から――」


ジリリリリリリリリ！


耳を劈《つんざ》く、甲高《かんだか》い非常ベルの音。

音の発信源は、さっき扉《とびら》が閉まり、最上階へ向かったはずのエレベーター。

まさか……。

エレベーターに視線を向けると、ゆっくりと開かれた扉から、興奮して息を荒《あら》げる竜崎つくしが姿を現した。

こいつ、非常停止ボタンを押してエレベーターを止めやがったのか！

「二人とも、走れ！」

俺の掛《か》け声《ごえ》で、カギの閉まった自動ドアを諦め、左右へ散って走り出す二人。

入る時に見たマンションの構造上、左へ行けば駐輪場《ちゆうりんじよう》へ、右へ行けば駐車場《ちゆうしやじよう》へつながっているはず。

だが、他の扉のカギも壊されていたら、竜崎つくしに追いつかれてしまう。

それに、二人とも恐怖《きようふ》で足がすくんでいるのかうまく走れていない。

たとえ左右の扉のカギが壊されていなくとも、これでは追いつかれてしまう。

だめだ！　このままだと逃《に》げきれない！

竜崎つくしの狙いは綾乃！　だったらここは、綾乃を守――

その時、危険が差し迫ったこの状況《じようきよう》で、俺の脳は今までの記憶《きおく》を呼び起こしていた。

最初に聞いた、竜崎つくしの心の声。

『《許さない……。夢見ヶ崎綾乃を、絶対に許さない……》』

どうして竜崎つくしは、綾乃のことを『詩仁竹子』ではなく、『夢見ヶ崎綾乃』と呼んでいるんだ？

小説家である『詩仁竹子』への嫉妬や憧《あこが》れから綾乃のストーカーになったのであれば、竜崎つくしは綾乃のことを、『詩仁竹子』と呼ぶんじゃないか……？

教室でかわした、綾乃との会話。

『最近、誰《だれ》かに後をつけられている気配がするのよ』

『……その気配って、いつ頃《ごろ》からするようになったんだ？』

『え～っと……。たぶん、サイン会のあとからかな……』

綾乃が感じていたつけられている気配……。

あれはサイン会のあとからだと言っていた。

だが、それはありえない……。

竜崎つくしの様子がおかしくなったのは、先週の水曜日からだ。

辻褄《つじつま》が合わない。

竜崎つくしの母親との会話。

『——あ、そう言えば一度、部屋の中から泣き声が聞こえてきたわね……。普段はあまり感情を表に出さない子だから、心配で声をかけたの……。そしたら、『ほっといて、お母さんには関係ないでしょ』、って……』

『それは、ここ最近のことですか？』

『いいえ……。まだつくしが一年生だった頃《ころ》の話よ……』

一年生だった竜崎つくしに、涙《なみだ》を流すほどのできごとが起きた……。

普段から感情を表に出さない竜崎つくしがどうしても耐《た》えられなかったほどのできごと……。

もしもそれらがすべて繋《つな》がっていることだとすれば……。

……そうだ。たしか、最初に竜崎つくしの心の声が聞こえた時、俺はトイレに行くため、綾乃とみずきから離れていた。

つまり、竜崎つくしが目撃《もくげき》したのは、綾乃とみずきが二人でいたところなんじゃないか……？

その光景を目にして、竜崎つくしは凶行に走った……？

それは、つまり——

教室で聞いた、みずきの言葉を思い出す。

『ボクも一年生の頃はよく、顔も名前も知らない子に告白されて、それを断ったら陰口《かげぐち》叩《たた》かれたりしたし、きっとその類だよ!』

あ……。

そうか……。

そうだったんだ……。

竜崎つくしの正体は、一年生の頃、みずきにフラれた女子生徒の一人……。

そして映画館で、みずきと綾乃が二人でデートをしていると勘違いして、みずきへの嫉妬で今回の凶行に至った……。

俺は……俺たちはとんだ勘違いをしていたんだ……。

竜崎つくしは、綾乃のストーカーなんかじゃない。

竜崎つくしは……みずきのストーカーだったんだ！

すべての違和感が払拭《ふっしょく》されたその直後、左へ逃げたみずきがその途中《とちゅう》で足を止め、綾乃の方を向いて声を荒らげた。

「夢見ヶ崎さん！　早く逃げて！」

直後、聞こえる竜崎つくしの心の声。

「《私の物にならないなら……ぽっと出の女にみずきくんを取られるくらいなら……いっそ……》」

違《ちが》う！　竜崎つくしの狙いは綾乃じゃない！　お前だ！

そう叫《さけ》ぶ前に、俺はみずきの方へ向かって足を踏《ふ》み出した。

何故なら、竜崎つくしもまた、みずきがいる場所へと走り出していたからだ。

竜崎つくしは両手でハサミをがっちりと握りしめ、その刃先《はさき》をみずきめがけて突き立てる。

「あぁぁぁぁぁぁぁぁぁッ！」


竜崎つくしの、声にならぬ声がマンション中に響き渡《わた》る。

まるで獣《けもの》の叫びのように、ジンジンと耳の中へと伝わってくる。

それまで自分が狙われているなどとは微塵《みじん》も考えてもいなかったのか、竜崎つくしが自分の方へ走ってきたのを見て、みずきが「え……？」と小さな声を漏らした。


ドスッ。


鈍《にぶ》い音が聞こえる。

命を削《けず》り取る音だ。

俺は自分の右脇腹《わきばら》を見ると、竜崎つくしが握りしめたハサミの刃《やいば》がまるまる体内に差し込まれていたので、さすがに血の気が引いた。

俺は、みずきが刺《さ》される直前、ギリギリでその間に割って入れたのだ。

だが、みずきを押《お》し退けることも、竜崎つくしを止めることもできず、ただ割って入っただけ。

その結果、俺は無様に横腹をハサミで突き刺されてしまった。

不思議なことに、痛みを感じない。

ただ、脇腹に刺さったハサミから伝わるひんやりとした感触が、とてつもなく気持ち悪かった。

深々と刺さったハサミを見て、竜崎つくしはパッと手を放し、わなわなと震《ふる》え始めた。

「ち、違う……。ただ……脅《おど》すつもりで……そんな……私は……」

押し寄せるすさまじい異物感に、脇腹に刺さったままのハサミを両手で握りしめ、そのまま思いきり抜き取った。

すると、バシャ、と水をまき散らしたような音がして、エントランスの床《ゆか》に血液が噴《ふ》き出し、つらつらとズボンを伝って足元で円になっていった。

やはり、痛みはない。

俺の脇腹から溢れ出る血液に、自分がなにをしてしまったのかようやく理解したのか、竜崎つくしは青い顔をして、そのまま駐車場の方へ逃げて行った。

どうやら、こちらの扉の鍵までは壊している時間はなかったらしい。

「おい！　待て！」

慌ててそのあとを追い、俺も駐車場へと出るが、そこで急に足から力が抜けて、そのままよろよろと千鳥足になり、パタリと後ろへ倒《たお》れてしまった。

立ち上がろうとするが、一向に体に力が入らない。

あぁ……。俺、転んだのか……？　まずい……。早く立ち上がらないと、あいつが……。

ぐっと腹に力を入れて上体を起こそうとするが、体は言うことを聞かない。

ん……？　おかしい……。力が入らないぞ……。どうしたんだ……？

空から降ってきた雨粒《あまつぶ》が、ぴちゃりと落ちた。

見るとそこにはまるで、水たまりのように、だくだくと俺の血が溢れていた。

おい……。嘘《うそ》だろ……。これ、まさか……俺の、血？

ドタドタと足音が聞こえると、視界の両端《りょうたん》に綾乃とみずきが現れた。二人とも、慌てふためき、心配そうに俺を見下ろしている。

「幸太！　しっかりしてよ！　幸太！」

「こうちゃん……？　嘘……でしょ？　こんな……。こんなことって……」

ぐにゃりと視界が歪む。もうすぐ夏だというのに、寒気を感じる。

ちくしょう……。

どうして……。

どうして、こんなことに……。

俺ならもっとうまくやれたはずだ……。

竜崎つくしが、綾乃ではなくみずきのストーカーだともう少し早く気づいていたら……。

不用意に竜崎つくしの家を訪問していなければ……。

後悔は尽《つ》きないが、目に涙を浮《う》かべているみずきと綾乃の顔を見ていると、ほっと安堵《あんど》した。

よかった……。

刺されたのが俺だけで……。

二人になにもなくて……本当によかった……。

「幸太！　幸太！」

「誰か、救急車を！　誰かぁ！」

みずきと綾乃があたふたと叫び声を上げる中、キュルキュルとタイヤをすり減らしながら猛《もう》スピードで駐車場へ突っ込んでくる一台の車があった。

車の扉が開くと、運転席には見覚えのある真っ白なスーツ姿の女性が座《すわ》っていた。
「今すぐ病院へ連れて行く！　早くそいつを乗せろ！」
その顔を見て、みずきがはっと驚《おどろ》いたように口を開く。
「お、お姉ちゃん⁉　どうしてここに⁉」
そう。その人物とは誰であろう、みずきの姉である理事長であった。
そう言えばこの人、『私はいつでも君を見ているぞ』とか言ってたっけ……。
どうせなら刺される前に来てほしかったな……。
あー……。
なんか、すごく寒いなぁ……。
………。
………。

最終章『クローゼットの中には』

目が覚めると、俺は見知らぬベッドの上で寝《ね》かされていた。

ここは……？

真っ白なベッドシーツ。備え付けの机の上にはフルーツの盛り合わせ。横にはクローゼットと、その逆側には心電図が設置されている。

よくよく見れば、心電図から伸《の》びた細いケーブルが、いくつも俺の体に取りつけられている。

入院着に着替《きか》えさせられているのと、竜崎《りゅうざき》つくしに刺された横腹に白いガーゼが貼《は》りつけられていたので、ここが病室であることはすぐにわかった。

つーか、刺された場所めちゃくちゃ痛いんですけど！

うぅ……。

なんで誰もいないんだ……。

寂《さび》しいじゃないか……。

壁《かべ》一面の大きな窓ガラスから見渡せる景色で、ここが近所で一番大きな総合病院であることがわかった。

外は雨が降っているようで、ザァザァと激しい音が聞こえてくる。

それにしてもだいぶ高層階だな……。

しかも個室……。

入院代、高くつきそうだな……。

コンコン、と扉がノックされると、俺の返事を待たずに扉が開かれた。

病室の扉の手前にはシャワールームのスペースがあるため、ベッドに寝ながらではその一角が邪魔《じゃま》になっていて、扉が直接見えず、すぐには誰が入ってきたのかはわからなかった。

足音が近づき、ようやく入室してきたのが若い女性の看護師さんであることがわかった。

看護師さんは俺を見るなり、

「あらっ。目が覚めたんですね！　二武《にたけ》さん、一日寝たきりだったんですよ？」

「一日……？　ってことは、俺が刺されたのは昨日ってことですか？」

「ええ。大変でしたね。通り魔《ま》に刺されるなんて」

「通り魔……？」

「怖《こわ》いですよね。ニュースで全然流れてないってことは、犯人はまだ捕《つか》まっていないのかしら？」

どういうことだ？

犯人はまだ捕まっていない？

竜崎つくしはどうなったんだ？

その後、看護師さんは俺の体に取りつけられていた心電図を取り外すと、いそいそと病室から出て行ってしまった。

わけがわからない……。

どうして俺は通り魔に刺されたことになっているんだ？

◇　◇　◇

看護師さんが出て行ってから三十分も経《た》たずに、再び扉がノックされる。

「ど――」

「入るぞ」

どうぞ、と入室を促《うなが》そうとしたが、途中で遮《さえぎ》られてしまった。

どうしてどいつもこいつも俺の意思をガン無視するのか……。

コツコツと足音が近づいてきて、角から理事長が姿を現した。

理事長は俺の姿を見ると、安堵したようにほっと息をついた。

「ふむ。どうやら元気そうだな」

「そう見えますか？　脇腹すげぇ痛いんですけど……」

「君をこの病院まで運んでやったのは私だぞ。もっと感謝しなさい」

「感謝しなさいって……」

なんて上から目線なんだ……。

「あの……もしかしてなんですけど、本当に俺のこと監視《かんし》してたんですか？　どう考えても理事長が来たの、タイミング良すぎますよね？」

「いかにも。私は君を監視していた。君について、いろいろと知っておきたいと思っていたからね」

「ならもっと早く助けてくださいよ……。俺思いっきり刺されてるじゃないですか……」

「誰がこんな事態になると想像できるものか。車から遠目で見ていて様子がおかしいと思った時には、君はもう刺されていたよ。しかしあれだな。君は弱いな。もう少しうまく立ち回れなかったのか？」

そしてまさかのダメ出し……。

俺が苦笑いを浮かべていると、理事長は真剣《しんけん》な面持《おもも》ちで俺を見つめた。

「だが、みずきが助かったのは間違《まちが》いなく君のおかげだ。ありがとう。私の大切な家族を守ってくれて」

そう言って深々と頭を下げる理事長。

目上の人がかしこまった態度で俺に接してくるのが妙《みょう》に居心地《いごこち》が悪く、俺は慌てて首を横に振《ふ》った。

「い、いいですよ、そんな！　……それに、俺がもう少し早く、竜崎つくしの意図に気づいていればこうはならなかったんですし……」

「ふむ。その言いようだとやはり、君は竜崎つくしの狙いがみずきであると気づいていたわけか」

「まさか、理事長も知っていたんですか⁉」

「いや、私がそのことを知ったのは、竜崎つくしを捕まえたあと、直接本人からそう聞いたからだよ。みずきたちからも話を聞けば、どうやら君たちは、竜崎つくしの狙いが夢見《ゆめみ》ケ《が》崎綾乃《さきあやの》くんだと勘違いしていたそうじゃないか。それなのにあの場で君がみずきのもとへ駆け寄ったのが、どうにもおかしいと感じていたのだよ」

「直接本人から……？」

そう言われ、さっき看護師さんが話していた通り魔の話を思い出した。

「そうだ！　あの、俺、通り魔に刺されたってことになってて、犯人はまだ捕まってないって聞いたんですけど、竜崎つくしはあのあとどうなったんですか⁉」

「そうだな……。それは私から聞くよりも、まずは見てもらった方が早いだろう」

「見る……？」

理事長が一台のスマホを取り出すと、そこに映像が映し出された。

市内にある通りの一角に、道路が見えなくなるほどの大量の猫《ねこ》がひしめき合い、その手前でニュースキャスターらしき女性が懸命《けんめい》にカメラに向かって話している。

『ご覧ください！　大量の猫！　猫！　猫！　本日夕方より突如《とつじょ》大量発生した猫の群れです！　いったいどうしてこのようなことが起こったのでしょうか！　一説によれば、近所で猫の多頭飼いが行われており、そこから脱走《だっそう》したという噂《うわさ》もありますが定かでは……んっ⁉　あっ！　ちょ、ちょっとカメラさん！　あそこ！　あそこ撮《と》ってください！　みなさん見えますでしょうか！　大量の猫の群れの中に人がいます！　一人……いえ、二人です！　一人は中年の男性、もう一人は三つ編みの女子高生らしき人物です！　大変！　早く助け出してあげないと！　……え？　二人ともなにか叫んでますね……。男性の方は、『もう賽銭泥棒《さいせんどろぼう》はしないから許してくれ』……？　いったいなんのことでしょうか……？　女子高生の方は……『わざとじゃなかった』……？　んん？　やはりなんのことだか……』

そこまで映像が流れると、理事長はスマホをタップして動画の再生を停止させた。

理事長は小さなため息をつくと、

「まことに信じがたいことではあるが、ご覧のとおり、竜崎つくしは大量の猫によって捕《と》らえられたよ。事実は小説より奇《き》なりとは言うが、まさかこんなことが現実で起こるとはな……。ちなみにもう一人いた男は、近所の神社を荒らしまわっていた賽銭泥棒だそうだ。ここ数日の間ずっと猫に追いかけまわされていて、そのことがトラウマになってこのあと警察に自首したらしい」

すいません！　俺この騒動《そうどう》の首謀者《しゅぼうしゃ》と知り合いです！

つーか賽銭泥棒のついでに竜崎つくしまで捕まえるとは……野生の猫って侮《あなど》れないな……。

あぁ……。今回も有料サービスだったら高くつきそうだなぁ……。

「あの、賽銭泥棒が自首したのはわかりましたけど、竜崎つくしの方はどうなったんですか？」

「君には悪いが、竜崎つくしについてはうちで責任をもって再教育することとなった」

「うち？」

「西園寺《さいおんじ》家だ。ま、私は分家の人間だが、この程度の事件をもみ消すくらい造作もないことだ」

「もみ消すって……。どうしてわざわざそんなことを……？」

その質問に、理事長は鋭《するど》い目をギラリと光らせた。

「私の大切な家族を狙った代償《だいしょう》は安くはない。警察になど引き渡してやるものか……。くくく。安心しろ。私も教育を担《にな》う者の一人。人一人を更生《こうせい》させるなど容易《たやす》いこと……」

「ほ、ほどほどにしてくださいね……」

いったいなにをどうやって更生させる気なのかは、怖くて聞けなかった。

理事長がスマホをポケットにしまう直前、その待ち受けに、みずきと理事長が横並びで写っている写真が表示された。

見た目的に、二人とも今より少し若く、どちらも楽しそうに笑顔《えがお》を作っている。

「みずきとは仲がいいんですね」

そう言うと、理事長は自分のスマホの待ち受けが俺の目に留《と》まったことをすぐに理解し、小さく頷《うなず》いた。

「まぁな。……とは言っても、血は繋がっていないがな」

「え……？」

理事長は、淡々《たんたん》とした口調で言葉を紡《つむ》ぐ。

「……私は幼い頃、本当の両親に捨てられてな。それで、子どもがいなかった今の両親、つまり、西園寺の分家の子として引き取られたんだ。……本家からは、どうせ養子にするなら男にしろと散々罵《ののし》られていたが、両親はその命令に背《そむ》いてまで私を引き取ってくれた。感謝してもしきれないよ。……跡《あとと》取りのいない分家の両親は、昔から本家に疎《うと》まれていたが、私を引き取ってからは苛烈《かれつ》さを極《きわ》めた。『女など不要。男の跡取りを残せないお前たちに価値はない』、とな。日常的な嫌《いや》がらせはもちろん、両親の仕事の妨害《ぼうがい》、金の無心、暴力。……そんな地獄《じごく》のような日々の中、両親は私を守ってくれた」

理事長はどこか遠い目をして続ける。

「そんな折、ようやく両親が授《さず》かった子がみずきだ。孤児《こじ》だった私を引き取り、周囲の反対を押し切って育ててくれた両親の子どもだ。かわいくないわけがない。……生まれたばかりのみずきの顔を見て思ったよ。私の人生は、この子のためにあるんだ、とな」

理事長は、きゅっと唇を噛《か》んだ。

「《だからこそ……みずきが女だと知られるわけにはいかないんだ。みずきが女であるとバレれば、きっと、みずきも私のように本家の人間から目の敵にされるに違いない……》」

そうか……。

理事長はみずきを守るために、男のフリをさせてまで学校に通わせているのか……。

「《みずきを西園寺家の家長にすれば、本家の人間を一掃《いっそう》できる……。くくく。そうすれば、私たち家族が味わわされた苦痛を、少しでも奴《やつ》らにわからせてやることができるからな》」

憎《にく》しみがにじみ出てる……。

金持ちってのもいろいろ大変なんだなぁ……。

理事長は一頻《ひとしき》り話し終えると、「では、私はそろそろ失礼する」と、扉の方へ一歩踏み出した。

「もう帰るんですか？」

「これ以上気を使わせるのも悪いからな」

理事長はこちらを一瞥《いちべつ》すると、

「《それにしても、身を挺《てい》して他人を守るとは……。こんな気概《きがい》のある男もいるのだな。こいつにならみずきを任せられるかもしれんな……》」

これ以上話をややこしくするようなことを考えるな！

そんな心の声を残し、理事長は病室を去って行った。

◇　◇　◇

理事長が去ってから、どっと疲《つか》れが押し寄せ、うとうと睡魔《すいま》に身をゆだねようとしていた。

だがそれを遮るように、再びコンコンと扉をノックする音が聞こえて、はっと意識を浮《ふ》上《じょう》させる。

「はい。どう――」

今度もまた、俺の返事を待たずに勢いよく扉が開く音がすると、ドタドタと病室には不《ふ》釣《つ》り合いな足音が近づいてきて、バッと視界いっぱいに妹の結奈《ゆな》が飛び込んできた。

「お兄ちゃん！」

「よぉ、結奈。なんか久しぶりだ――ぐはっ⁉」

病室のベッドに横たわる俺《おれ》に向かって、結奈は勢いよく飛び込んできた。

「お兄ちゃんお兄ちゃんお兄ちゃん！」

肩《かた》で切りそろえられた毛先の丸まった髪《かみ》が、結奈がぐしぐしと俺に顔をこすりつけるたび、ブンブンと左右に揺《ゆ》れる。

「ちょ、結奈！　お兄ちゃんまだ横腹に穴開いてるから！　そんな激しいスキンシップされると死んじゃうから！」

「うわぁぁぁぁん！　お兄ちゃぁぁぁぁぁん！　結奈、結奈、お兄ちゃんが心配でぇぇえぇぇ！」

「心配してくれたんだな……。ありがとう……。だからそろそろお兄ちゃんから離《はな》れてくれ……」

「いやだ！　お兄ちゃんが退院するまで離れない！」

あれ？　なんだろう……。

死ぬほど痛いけど、ちょっと嬉《うれ》しい……。

こんな形でしか確認《かくにん》できない妹の愛をしみじみと実感していると、結奈の後ろから慌《あわ》てた様子でみずきと綾乃が現れた。

よく見ると全員ずぶ濡《ぬ》れで、この大雨の中、傘《かさ》も差さずに慌ててここへ来てくれたことがうかがい知れた。

綾乃が、俺から結奈を引っぺがしながら、

「ちょっと結奈ちゃん！　幸太《こうた》はまだ傷口塞《ふさ》がってないんだから！」

「やぁだぁ！　お兄ちゃんと一緒《いっしょ》にいるのぉぉぉぉぉ！」

「わがまま言わないの！　ほら！」

「やぁぁぁぁだぁぁぁぁぁぁぁ！」

「なんでそんなに強情《ごうじょう》なのよ！」

大声でぐずる結奈を引きずり、綾乃は一旦《いったん》病室から出て行った。

騒《さわ》がしい結奈がいなくなると、ポツンと残されたみずきが、どこかぎこちない様子でこちらを一瞥した。

「あ、あの……幸太……。怪我《けが》、大丈夫《だいじょうぶ》？」

「なんとかな」

「そ、そう。よかった……」

椅子《いす》に座ったみずきにはいつもの溌剌《はつらつ》とした元気は一切《いっさい》なく、チラチラとこちらを一瞥してては、はっとしたように目を伏《ふ》せている。

無理もない。あれだけのことがあったんだ。そりゃあいつも通りに、とはいかないだろう。

「そういえば、さっきまでお前の姉ちゃんが来てたぞ」

「えっ⁉　あかりお姉ちゃんが⁉」

「あぁ。お前を守ってくれてありがとう、だとよ」

「そ、そっか……《お姉ちゃん……わざわざ来てくれたんだ……》」

「けど水臭《みずくさ》いじゃねぇか。姉が学校の理事長やってるなら教えてくれよ」

「え、えへへ。お姉ちゃんからあんまり他人には言うなって言われてたから……」

苦笑いを浮かべ、照れくさそうに頭をかくみずき。

けれど、やはりどこかよそよそしい雰囲気《ふんいき》がある。

「竜崎つくしのこと、気にしてるのか？」

「え……」

みずきは小さく息を呑《の》むと、ため息交じりに続けた。

「幸太……いつから気づいてたの？　竜崎さんが、夢見ヶ崎さんじゃなくて、ボクのストーカーだって……」

「刺される直前だよ。竜崎つくしは、以前、みずきに告白してきた奴の一人だろ？」

「そう、らしいね……。すごいね、幸太。あの時、そんなことまでわかっちゃってたんだね……」

みずきはうつむきながら、

「ボクもあとからそのことをお姉ちゃんに聞かされたんだけど……。ボクね、竜崎さんのこと、全然覚えてなかったんだ……。えへへ。ボク、最低だね」

一年生の頃の竜崎つくしは、みずきに惚《ほ》れ、その純粋《じゅんすい》な想《おも》いをぶつけ、届かなかった。

普段《ふだん》感情を表に出さなかった竜崎つくしにとって、その行為《こうい》がどれだけ勇気のいることだったのかは、想像に難《かた》くない。

だが、みずきからすればそうではなかった。

竜崎つくしは数多くいる、名前も顔も知らないのに告白してくる迷惑《めいわく》な誰かの一人にすぎなかったのだ。


「しかたねぇよ」


そう言うと、みずきはこてんと首を傾《かし》げた。

「しかたない……?」

「あぁ。知らない誰かから向けられる好意なんて、言っちゃ悪いが、迷惑以外のなにものでもない」

「そ、そんな言い方……」

「『俺がこんなに好きなのに、どうして振り向いてくれないんだ』、『俺が好きなんだから、相手も好きなはず』、『目が合ったのが恋《こい》の始まり』、なんてのは、どれもストーカーの一方的な思い込みにすぎない」

「それは……」

「いいか？　告白ってのは、玉砕覚悟《ぎょくさいかくご》でするようなもんじゃねぇんだよ。当事者同士がお互《たが》いにお互いを想いあって、もうそろそろ一緒になってもいいんじゃないかって確信を得てからするもんなんだ。顔も名前も知らない相手に『あわよくば付き合えるかも』、なんてする告白は、独りよがりで、告白される相手のことなんてこれっぽっちも考えていない、自己中心的な考えの結果だ。だからな、みずき。そんな自分勝手な奴らの一方的な想いにまで、お前が責任を感じる必要なんて一つもないんだよ」

そう言い終えると、みずきはぽかんと口を開けていたが、しばらくして、ぷっ、と噴き出した。

「あはは！　こ、告白してくれた子に対して、自己中って！　幸太はそんなんだからモテないんだよ！」

「なっ⁉　お、俺はだなぁ、お前を慰《なぐさ》めようとして――」

「うん。知ってる」

まっすぐとこちらを見やるみずきの目に、思わず息を呑んだ。

これまでにみずきから向けられたことのない、特別な輝《かがや》きに満ちた視線。

みずきはにっこりほほ笑《え》むと、恥《は》ずかしそうにはにかみ、いつものようにこてんと首を傾げた。

「幸太、ありがとう。ボクを守ってくれて《あぁ……ボク。幸太のこと、好きになっちゃったんだなぁ》」

スキニナッチャッタ……？

……は？

い、いやいや、今お前、なんて言った？

好きになっちゃった？

そんな馬鹿《ばか》な！

お、俺はただ、お前が刺されそうなところを庇《かば》って、大怪我《おおけが》してもそのことを責めたりせず、それでいてお前がそのことを気にしてるからちょっと優《やさ》しくフォローしただけ……

で……？

あれ？　おかしいな……。

惚れられる要素しかない……だと……？

違う違う違う！　これはなにかの間違いだ！

だって……だって俺は、告白されたら死ぬんだぞ⁉

綾乃一人でも大変なのに、それがもう一人増えるだって⁉

そんなのありえない！

きっと、今のみずきは竜崎つくしの件で少しおかしくなって血迷っているだけで、本当は俺のことをそんなに好きではないはず！

だったら、その勘違《かんちが》いを一刻も早く正してやるのが友達ってもんだろ！

「なぁ、みずき。落ち着いて聞いてほしい」

「ん？　どうしたの？」

いつものようにこてんと首を傾げるみずきは、まるで天使のように小さくほほ笑んだ。

か、かわいい……。

……はっ！　し、しっかりしろ、俺！

今は見惚《みと》れてる場合じゃない！

とにかく、少しでも俺の評価を下げさせないと！

「えっと、だな……。今回、俺はとっさにお前を庇いはしたが、実は全然まったく、これっぽっちも、みずきを守ろうだなんて考えてなくてだな。ただ単に、なんというか、飛び込んだらたまたま刺された、みたいな……」

「《幸太……無意識でボクを竜崎さんから守ってくれたんだ……。やっぱり頼《たよ》りになるなぁ》」

あぁっ、違《ちが》います……。

そうじゃないんです……。

「い、いや、違った！　あれだ！　竜崎つくしが持ってたハサミがとあるブランドのものだったから、それが見たくて飛び込んだんだ！　そしたら――」

「《ふふふ。幸太、自分が刺された責任がボクにはないって言いたいんだな。昔っから幸太は優しいやつだったのに、ボク、なんで今まで気づかなかったんだろう……》」

なにを言っても俺の好感度がうなぎのぼりだ！

恋する乙女《おとめ》は無敵かちくしょう！

だ、だめだ……。

今のみずきの俺への評価を下げるなんて、目の前で盛大にう〇こ漏《も》らすくらいしかない……。

けどさすがにそれは俺の中にある人間性がやめろと大声で叫《さけ》んでいる……。

今回の件で上がってしまった評価はどうやっても下げることはできない。

ならば、元々ある、みずきの俺に対する評価を下げれば、相対的にみずきの恋心《こいごころ》を早々に摘《つ》むことができるんじゃないか？

そ、そうだ！　シスコン男は嫌《きら》われるって結奈が持ってた雑誌で読んだことがあるぞ！

えぇい、一《いち》か八《ばち》かだ！

やってみるしかない！

「なぁ、みずき。俺、実は結構なシスコンなんだよ。結奈がいないとだめっていうか、結奈が世界の中心、みたいな？」

みずきはあっけらかんとして答える。

「え？　知ってるよ？」

なんで知ってるんだよ！

俺初耳だよ！

「結奈ちゃんってかわいいよね。いっつも元気だし、昨日も今日も、幸太のことすっごく心配してたんだよ？」

結奈がいいやつすぎて俺への好感度が下がらない！

さすがは俺の妹！

な、ならば……。

「そ、それにさぁ、その……性癖《せいへき》も、少し変わってるというか……なんというか……」

「それって例のストッキングフェチのこと？　あはは！　それくらい普通《ふつう》じゃない？　クラスメイトの飯田《いいだ》くんはもっとヤバいって聞いたよ！」

あっ！　これはもうバレてるやつだったわ！

それとあとで飯田の性癖俺《おれ》にも教えて！

だめだ……。みずきとは一年生の頃《ころ》から友達だった分、今更《いまさら》俺に幻滅《げんめつ》するような新たな情報を与《あた》えることができない……。

どうする……。どうすれば……。

……いや、よく考えろ。

みずきは今、男装していて、自分が女であることを隠《かく》している。

その状態で告白なんてするか……？

否！　絶対にしない！

万が一俺に惚れたとしても、まずは自分の正体を明かし、それから告白に移行するはず！

つまり、俺がみずきの正体に気づいていることがバレない限り、みずきから告白される心配はしなくていいってわけだ。

……ま、まぁ、正直言えば惚れられないってのが一番よかったんだが、その制約がある限り、俺の安全は保障されている。

ぐぬぬ……。こうなったら意地でもみずきの正体に気づいていないフリを続けなければ……。

と、一つの結論にたどり着いた時、不意に意識が途切《とぎ》れそうになってカクンと頭が下がる。

その様子を見て、みずきがクスリと小さく笑った。

「幸太、もしかして眠《ねむ》いの？」

「あ、あぁ……。さっきまで寝てたんだけどな……」

「じゃあボク、夢見ヶ崎さんたちのところに行って、今日はもう帰ろうって言ってくるよっ。だから幸太はもう寝てて大丈夫だよっ」

「そ、そうか……。なんか悪いな……。せっかく来てくれたのに」

「なに言ってるのさ！　今はたっぷり寝て、早く体を治さないとだよっ！」

一旦眠気《いったんねむけ》を意識すると、それはもう抗《あらが》いようがない猛烈《もうれつ》なものへと変わっていった。

「じゃあ、悪いけど……。少し、眠らせてもらう……」

「うんっ。お休み、幸太っ」

軽く手を振るみずきを最後に、俺はそっと目を閉じた。

◇　◇　◇

カチャリ、と音がして、人の気配がベッド脇《わき》にあった椅子に腰《こし》かけるのがわかった。

誰《だれ》だ……？

怪我のせいか、それとも最近の疲れが押《お》し寄せて来たのか、目を開いて確認しようという気は起きなかった。

そこへ、椅子に座った者の心の声が耳に届く。

「《はぁ……。夢見ヶ崎さんと結奈ちゃんを呼びに行ったけど、まさか食堂でご飯食べてるなんて思いもしなかった……。食べてたの結奈ちゃん一人だったけど……。こんな時間に食べて、ちゃんと晩御飯《ばんごはん》も食べられるのかな……？》」

泣きつかれてすぐ腹減るとか、うちの妹子どもすぎない？

お兄ちゃんお前の将来が心配だよ……。

どうやら声の主はみずきだったようで、二人を呼びに行ったはいいが、すぐに戻《もど》ってきたらしい。

みずきには悪いけど、このままもうひと眠りさせてもらおう……。

と、戻ってきたみずきの相手はせず、そのまま眠りこけることにした。

意識がゆっくりと薄《うす》らいでゆく中、みずきの心の声がぷつりぷつりと聞こえてくる。

「《そういえば……。前にもこうやって、幸太と二人っきりになったことがあったっけ……》」

二人っきり……?

いつのことだ……?

「《あの時……ボク……》」

………?

「《幸太に思いっきりおっぱい揉《も》まれちゃったんだよね……》」

あの時のことか!

みずきの言葉で、いつの日かあった保健室での出来事がフラッシュバックした。

上半身裸《はだか》になったみずきを目撃《もくげき》してしまい、それをごまかすためにみずきのおっぱいを揉むしかなかったあの日の出来事。

今思い返せばどうしてそんな結論に至ったのかよくわからないが、とにかく忘れたくても忘れられない黒歴史だ。

あの日からしばらくの間、保健室、というワードを聞いただけで俺もみずきも赤面してしまい、お互いタヴーとして記憶《きおく》の底の底に埋葬《まいそう》したはずだった。

うぅ……。頼《たの》むみずき……。あの日のことはもう思い出させないでくれ……。

「《あの時は恥ずかしいだけだったけど……。もしかして、今はちょっと違った気持ちになったりするのかな……？》」

捨ててしまえ！　そんな好奇心《こうきしん》！

「《って、ボクのバカ！　なに考えてるんだよっ！》」

お、おぉ……みずき。自分で自分の誤った思考を正せるようになったんだな。お前も成長したってことか……。

「《……けど、夢見ヶ崎さんも結奈ちゃんも、たぶんしばらく帰ってこないよね》」

何故《なぜ》そんなことを再確認する必要が……？

「《……じゃあ、少しだけ……少しだけなら……》」

――!?

スルスルと衣擦《きぬず》れの音がして、不審《ふしん》に思い、そっと片目を開いてみずきを確認した。

するとそこには、さっきまで着ていた制服のシャツを脱《ぬ》ぎ捨て、胸を露《あらわ》にしたみずきが顔を赤らめてちょこんと座《すわ》っていた。

え……？　こいつなにしてんの……？

今更《いまさら》、実は起きてました！　なんてどっきりをかますこともできず、俺はドキドキと高鳴る鼓動《こどう》の中、薄目《うすめ》を開けて必死に狸寝入《たぬきねい》りを続けた。

「《ぬ、脱いじゃった……》」

脱いじゃったじゃねぇよ！　早く着ろよ！

「《えっと……えっと……。あっ、そうだ！　こ、これは、雨で濡れた制服が嫌で、鞄《かばん》の中に入ってる体操服に着替《きが》えようと思ってるだけなんだからねっ！》」

誰に対して言い訳してんだ！

「《だ、だからボクが、ここで……ここでおっぱいを出しているのは、なんら変じゃないんだ！》」

お前は立派な変態だよ！

どうしてそうやってすぐにおっぱい出すの？　癖《くせ》なの？

「《も、もしも、今ここで幸太が目を覚ましたらどうなるんだろう……。またおっぱい触《さわ》らせてごまかせるかな……。う、うん……。幸太、鈍感《どんかん》だし、きっと大丈夫……だよね？》」

こいつやっぱり俺のこと舐《な》めてる！

そうに違いない！

「《なんか、すっごいドキドキするんだけど……これってやっぱり、ボクが幸太のこと好きだから、だよね……》」

いやぁ！　俺の親友がおっぱい露出《ろしゅつ》させて興奮してる！

誰か助けてぇ！　この病室に痴女《ちじょ》がいるよぉ！

「《早く体操服に着替えないと……。こんなところ誰かに見られたら、完全に変態だと誤解されちゃうよぉ……》」

俺はもう確信を得てる！

みずき！　お前は紛《まご》うことなき変態だ！

「《……け、けど、最後にちょっとだけ……あの時みたいに……幸太の手をおっぱいに……》」

俺を巻き込むんじゃねぇ！

「《大丈夫！　この気持ちが本当に恋かどうか確認するだけだから！　前の時よりもドキドキするかしないか確かめるだけだから！》」

もうちょっとマシな判別方法を検討しろ！

「《幸太を起こさないよう静かにやらないと……》」

ずっとバレてるんだよなぁ……。

「《え、えへへ……。ちょっとだけ……ちょっとだけだから……。大丈夫……。幸太が寝《ね》息《いき》を立てている間に全部済むから……》」

それ以上近づいたら叫ぶ！　ほ、本気だぞ！

「《幸太の手を……おっぱいに……。幸太の手を……おっぱいに……》」

　だめだ……。興奮しすぎて我を忘れてる……。

　もうすべてを諦《あきら》め、となりに座る変態に身を委《ゆだ》ねる決心をすると、不意に、ガラリと病室の扉《とびら》が開く音がした。


「はへぇ⁉」


　恐《おそ》る恐る俺の右腕《みぎうで》に手を伸《の》ばしていたみずきは、そんな間抜《まぬ》けな声を漏らし、扉の方を振《ふ》り返った。

「《うそっ⁉　だ、誰か入ってきた⁉》」

　かろうじて、みずきが今座っている場所からは、シャワールームがあって直接見ることはできない。

　なので、たった今入室してきた者も、みずきの姿は視認《しにん》できてはいない。

　だが、その足音はコツコツと、着実にこちらへ近づいていた。

「《まずい！　は、早く服を着ないと！　――って、どこ⁉　ボクがさっき脱いだ服、どこ⁉　あぁぁぁぁぁぁぁぁぁぁぁぁ！　やばいやばいやばい！　こんな姿を見られたら、ボク生きていけない！　というか、もしも夢見ヶ崎さんたちだと、ボクが女だってバレちゃう！》」

こんな狭《せま》い場所でシャツなくしてんじゃねぇよ！

自業自得《じごうじとく》はこういうことを言うのか、としみじみ思っていたが、今の俺には寝《ね》たふりを全《まっと》うするくらいしかしてやれることがなかった。

と、とにかく急いで服をさがせ！　ないなら確実に鞄に入ってる体操服に着替えろ！

心の中でそう叫んではみるが、無論、みずきに伝わることはなかった。

「《あわわわわわわっ！　も、もうダメだぁ！　──あっ！　そ、そうだ！》」

次の瞬間《しゅんかん》、足音が目の前までやってきて、綾乃がひょっこりと顔を覗《のぞ》かせた。

「あら？　西園寺くん、戻ってきてないの？」

綾乃の視界には、みずきの姿は捉《とら》えられていない。

何故ならみずきは、間一髪《かんいっぱつ》のところでベッド横に設置されていたクローゼットの中に身を隠したからだ。

透過率《とうかりつ》の低いクローゼットの中からでも、パニックで感情が揺さぶられているみずきの心の声ははっきりと聞こえてくる。

「《あ、あっぶなー！　なんとかギリギリのところでクローゼットの中に隠れられた！　け、けど……結局服着れてないよぉ》」

俺は寝たふりをしてこれ以上事をややこしくしたくなかったため、今目を覚ましましたよ、的な演技をはさみ、綾乃に向き直った。

「お、おぉ、綾乃。結奈はどうしたんだ？」

「あ、ごめん。寝てた？　結奈ちゃんは食堂でカレーのおかわりを食べてるところよ」

スクスク健康に育ちやがって……。

「そ、そっかぁ。あはは」

「幸太？　どうかしたの？　なんだか変よ？」

「へ!?　い、いや、ほら！　脇腹《わきばら》を刺《さ》されれば誰だって変になるって！」

そう言ってごまかすと、綾乃はしゅんと落ち込んだように目線を下げた。

「あ、綾乃……？」

うつむきがちで綾乃の表情がよくわからなかったので、首を横に向けて下から覗き込むと、なんと、綾乃は目にいっぱいの涙《なみだ》を浮《う》かべていた。

「えっ!?　あ、綾乃!?　どうしたんだよ！　なんで泣いてるんだよ！」

綾乃は嗚咽《おえつ》しながら、

「な、泣いてなんて……ひっく……ないもん！」

な、なんだぁ、俺の勘違いかぁ。

……なんて言うかぁ！

いや、思いっきり泣いてるじゃん！

嗚咽《おえつ》漏《も》らしてるじゃん！

「あわわわ！　どうした綾乃？　お腹《なか》痛いのか？　ナースコールするか？」

「そんなんじゃない！」

綾乃はビシッと怒鳴《どな》るようにそう言うと、まるで子どものように両手でぐしぐしと涙を拭《ふ》きながら、

「だ、だって……私が……ひっく……私が、竜崎つくしの家に行ってみようって言っちゃったから……そしたら、幸太が刺されちゃって……ひぐ……私があんなこと言わなければ……幸太が刺されることなんてなかったから……」

きっと、俺が刺されて意識を失っている間も、ずっと自分を責め続けていたのだろう。

綾乃は取り繕《つくろ》うこともせず、ただただ「ごめんね」と、消え入りそうな声で何度も言った。

「それは違うぞ、綾乃」

「幸太……？」

真っ赤に腫《は》れた目で、綾乃がこちらを見やる。

「たしかにあの時、竜崎つくしがみずきを刺そうとしたのは、自分の身元がバレたと自暴《じぼう》自棄《じき》になったせいかもしれない。けどな、そのことで綾乃が自分自身を責める必要なんてこれっぽっちもないんだ。悪いのは全部、竜崎つくし。そこを間違《まちが》えるな」

「で、でもぉ……」

「それに俺たちだって、竜崎つくしの家に行ってみようって提案を受け入れたんだ。綾乃一人で決めたわけじゃないだろう?」

「………」

納得《なっとく》できないのか、綾乃はまだしょんぼりと目を伏せている。

綾乃の頭の上にぽんと手を置くと、綾乃は少し恥ずかしそうに視線を泳がせた。

「それにな、綾乃——」

言葉を投げかけると、泳いでいた綾乃の視線がピタリと止まる。

できるだけ俺の想いが届けばいいと、その瞳《ひとみ》をじっと見返した。

「——俺は、お前のためならいつだって体張ってやる。だからそんなこと、いちいち気にするな」

綾乃はなにか言い返そうと何度か口を開いたが、結局一言も発しなかった。

代わりに、嬉しさを噛《か》みしめるように口元を歪《ゆが》ませる綾乃の心の声が、ダイレクトに伝わってきた。

「《こ、こうちゃんが、私のために体張ってくれるって！　私のせいでこうちゃんが怪我しちゃって、もっと謝《あやま》らなくちゃいけないのに……うぅ！　ど、どうしよう！　嬉しすぎてにやける！　こうちゃんの顔、まともに見れない！》」

そんなに喜ばれると照れくさいな……。

綾乃に当てられ、こちらもなんだか気恥《きは》ずかしくなり、それをごまかそうとして、綾乃の頭をぐしぐしと乱暴に撫《な》でた。

すると綾乃は、俺の腕《うで》を両手で振りほどき、

「なにするのよ！」

「あはは。髪の毛《け》ぐちゃぐちゃだぞ」

「幸太がやったんでしょうが！　もうっ！」

と、ぶつくさ呟《つぶや》きながら手櫛《てぐし》で髪を正した。

文句を言ってはいるが、打って変わって綾乃の心の声は嬉々《きき》としたものだった。

「《ふふふ！　こうちゃんに頭撫でられちゃった！　あっ！　今おりてきた！　新しい小説のアイディアおりてきた！　またまた妄想《もうそう》が捗《はかど》る！　ふふふ。今夜は眠れないなぁ》」

仕事が捗ってなによりだよ……。

目の前で知り合いが刺されれば、誰だってショックを受ける。

けど、この調子だと、綾乃はもう大丈夫そうだな。

「綾乃。今日はお見舞《みま》い、サンキューな。俺も今日は疲《つか》れたから、ゆっくり休憩《きゅうけい》することにするよ」

「わかったわ。じゃあ、結奈ちゃんを連れて一旦家に帰るわね」

「悪いな、妹が迷惑かけて……」

「いいのよ、別に《結奈ちゃんは私の妹でもあるしね》」

お前の妹ではない。

「あっ、けど、西園寺くんはどうしたのかしら？　ここに鞄だけ置いてあるみたいだけど……」

「さ、さぁな？　きっと綾乃と入れ違いになったんじゃないか？」

綾乃を一旦病室から追い出し、俺《おれ》はトイレへ閉じこもる。

そうすればその隙《すき》に、クローゼットに閉じこもったみずきが出てきて服を着られるという寸法だ。

実はさっきからみずきの焦《あせ》った心の声がBGMみたいに聞こえてくるけど……。

出てくるタイミングだけは間違えるなよ……。

「綾乃、結奈の様子を見てきてくれるか？　あいつ、一人にしとくとずっと食ってそうだし……」

「そうね……。あの子この前、繁華街《はんかがい》にあるフードファイター御用達《ごようたし》の店で出禁にされるまで食べたって言ってたし、放っておくと病院食にまで手をつけかねないわ……」

「なんだその情報……。あいつ家ではそこまで食ってないはずだけど……」

「あら？　結奈ちゃんが大食いなのは有名よ？　一緒《いっしょ》に道歩いてたら、全然知らない人がご飯あげていくし。たぶん、そんな感じで外で食べてくるから、家ではそこまで食べないんじゃないかしら？」

「え？　うちの妹、野良猫《のらねこ》みたいによそ様からご飯もらってるの？　めっちゃ恥ずかしいんですけど……」

「食費が浮くし、別にいいんじゃない？」

みんな結奈に甘《あま》すぎない？

そんな会話を交《か》わしたあと、綾乃が「じゃあ、結奈ちゃんのところに行ってくるわ」と、椅子《いす》から立ち上がった時、「あら？」となにかに気づいてベッドの下へ視線を向けた。

綾乃に倣《なら》い、俺もそちらへ視線を落とす。

するとそこには、みずきがさっき脱ぎ捨てたシャツの裾《すそ》が、ベッドの下からチラッと見えていた。


み、みずきぃぃぃ！　お前のシャツが見つかったぞぉぉぉ！

最悪のタイミングでな！


綾乃は不思議そうな顔をしてそのシャツをつまみ上げると、

「これ……幸太のじゃないわね《だってこうちゃんの匂《にお》いがしないし！》」

犬か、お前は！

「《というか、こうちゃんの服は穴が開いたから私が責任をもってもらったもん！》」

俺とお前の『責任』の意味が大きく違う気がするんだが……。

「あ、あはは〜。た、たぶんみずきのじゃないか？　ほら、鞄もそこにあるし」

「いいえ。違う……」

「違う……？」

「だってこれ、女の匂いがするもの！」

な、なんだってぇ⁉

綾乃お前、それは正真正銘《しょうしんしょうめい》みずきのシャツなんだよ！

そのシャツから女の匂いがするって、それはみずきが女だからだよ！

そんな説明ができるはずもなく、綾乃は半ば自棄《やけ》を起こしたように、拾ったシャツを俺へと押しつけた。

「ねぇ、幸太！　これ誰のシャツなの⁉　《密室で女の人がシャツを脱いでただなんて……。**それって完全にそういうことじゃない！　な、なんてハレンチなっ！**》」

そういうことってなんだよ！

俺のシャツを無断で持って帰ったお前の方がよっぽどハレンチだろ！

注意事項《じこう》その四、『使用者に対する異性の好感度を急激に低下させて負の感情を肥大化させると、比例して心の声が増大し、使用者に頭痛を生じさせる。悪化すれば死ぬ』

この効果により、綾乃の声は肥大化し、まるで棘《とげ》のように俺の耳へと飛び込んできた。

「ぐっ⁉」

久々に感じるあまりの痛みに、視界が歪むのを感じる。

ど、どうにかして綾乃の心を落ち着けないと！

「あ、綾乃！　よく見ろ！　それは男物だ！」

「男物……？　そうみたいね……。――はっ⁉　**《つ、つまりこうちゃんは、女子に男物の服を着せて、さらにそれを脱がして楽しむという変わった性癖の持ち主⁉　うぅ……。この私が、今まで全然知らなかっただなんて……》**」

勝手に俺を特殊性癖《とくしゆせいへき》持ちにするな！

動揺《どうよう》した綾乃の心の声が聞こえるたび、頭がガンガンと痛む。

そのたびに、竜崎つくしに刺された脇腹にも激痛が走った。

こっちはまだ怪我《けが》が塞《ふさ》がってないんだぞ！　このままじゃマジでヤバい！

そ、そうだ！　前に綾乃から告白されそうになった時と同じで、綾乃の意識を逸《そ》らせばなんとかなるかもしれない！

なにか……話題は……。

綾乃の気を逸らせるようなことはないかと記憶を呼び起こしていると、俺が刺された直後に見た風景を思い出した。

そう言えば、あの時……。

「なぁ、綾乃……。ちょっと聞きたいことがあるんだけど……」

「なに？　このシャツが誰のか言う気になったの？」

「いや、そうじゃなくてさ」

「じゃあなに？」

「綾乃、俺が刺された時にさ、俺のこと、『こうちゃん』って呼んでなかった？」

そうたずねると、綾乃はしばらく固まったように動きを止めたと思ったら、急にあたふたと目を泳がせ始めた。

「そそそそ、そんなわけないでしょ！　わわわ、私が幸太をそんな呼び方するわけないじゃない！《いやぁぁぁぁ！　あの時はついびっくりして『こうちゃん』って呼んじゃったの今思い出した！　こ、このままじゃ、私が幸太のこと、心の中でずっと『こうちゃん』って呼んでるのがバレちゃう！》」

うん……。まぁ……。

それは早い段階から知ってたけど……。

綾乃のこの動揺……。どうやらうまくいったようだな。

このままどうにかして、綾乃の意識をシャツから遠ざければ……。

そう考えた直後、綾乃は持っていたシャツをぐいっと俺の方へと突《つ》き出した。

「そ、そんなことより！　このシャツの持ち主は誰なのよ！　はっきりしなさいよ！　《これ以上私が『こうちゃん』って呼んでたことを掘《ほ》り返されないためにも、こうちゃんの意識をこのシャツに釘《くぎ》づけにしないと！》」

なっ⁉　俺がやろうと思っていた手法を先に使われただと⁉

ま、負けるか！

「いやいや、そんなことより、『こうちゃ――」

「そんなことじゃないでしょ！　脱ぎ散らかされたシャツについて説明してよ！　《ひい！　その話はしないでってばぁ！》」

「だ、だから、その――」

「シャツから女の人の匂いがするの！　幸太のシャツはもっと汗臭《あせくさ》いもん！」

こ、こいつ……。そんなこと言ったら、お前が俺のシャツの臭《にお》いを覚えてるって言ってるようなもんだぞ……。

そんなことにも頭が回らないほど動揺してるってことか……。

こ、これ以上墓穴《ぼけつ》を掘られれば藪蛇《やぶへび》になりかねん……。

かといって、このまま放置したところでシャツの件を問い詰《つ》められ続ければ、あの頭痛で死ぬ危険性すら出てくる……。

考えろ……。考えろ……。この状況《じょうきょう》を打開する秘策を……。

と、額に汗をにじませていると、不意にクローゼットからみずきの心の声が聞こえてきた。

「《あわわわわ！　た、大変だ！　ボクのシャツのせいで大変なことに！》」

まったくだよ！

「《あぁぁぁぁ！　ボクのバカ！　バカ！　バカ！　どうしてこんなところでシャツを脱いじゃったんだよ！》」

まったくだよ！

「《うぅ……。このままだと幸太にあらぬ疑いがかけられて、綾乃ちゃんに責め殺されちゃう……って、あれ？　これってもしかして――》」

そのあとに続いたみずきの心の声を聞いた俺は、一か八か、勢いよくクローゼットを指さした。

その姿を見て、綾乃が眉《まゆ》をひそめる。

「なに？　クローゼット？　そんなことよりこのシャツ――」

「ま、待て、綾乃！　今、クローゼットから音がしなかったか!?」

「……音？」

すると、またもやクローゼットの中からみずきの心の声が響《ひび》いた。

「《あわわわわ！　バ、バレちゃったよぉ！》」

俺の言葉を疑っているのか、綾乃は怪訝《けげん》そうに、

「なに？　ごまかそうったってそうはいかないわよ」

「そうじゃなくて、ほんとに音が聞こえてきたんだって！」

「ほんとに……？　私はなにも聞こえなかったけど……」

「とにかく一度確かめてくれ！　ネズミでもいたら大変だろ！」

「ネズミ……？　《ネズミはバイキンを持ってる↓バイキンを持ってるネズミが病室にいたら、同じ病室にいるこうちゃんにもバイキンがうつっちゃう↓バイキンでこうちゃんが

死んじゃう》」

綾乃はそれまでの俺に対する不信感はどこへやら、バッとたくましく胸を張り、クローゼットへ向き直った。

「私がなんとかするわ。だって、私は幸太の幼馴染《おさななじみ》だもの」

か、かっけぇっす、綾乃さん……。

けど考え方がすっげぇ安直だな……。

綾乃が「さぁ！　出てきなさい！　私が退治してあげるわ！」と、クローゼットの取っ手に指をかける。

中からは、みずきの悲痛な心の声が漏《も》れ出てくる。

「《あぁ！　やばいやばいやばい！》」

そんなみずきの胸中など知る由もなく、カチャリ、と無情なまでに乾《かわ》いた音と共に、綾乃はクローゼットの戸を勢いよく引いた。

そして、クローゼットの中に入っていたみずきを見て、綾乃は小さな悲鳴を上げる。

「きゃっ！　さ、西園寺くん⁉　こんなところでなにしてるの……って、その恰好《かっこう》……まさか、あなた——」

みずきの姿をまじまじと眺《なが》めた綾乃は、叱責《しっせき》するように続けた。

「——幸太の着替《きが》え、勝手に使っちゃったの⁉」

その言葉の通り、クローゼットの中にいるみずきは、上半身裸……ではなく、俺の着替えである入院着を上から羽織っていた。

直前に聞こえてきたみずきの心の声から、みずきがクローゼットの中で入院着を発見したことがわかった。

すぐにみずきが入院着を着てくれるかどうかは賭《か》けだったが、これ以上綾乃の心の声を聞いている余裕《よゆう》もなく、一《いち》か八《ばち》かクローゼットにいるみずきの存在をこちらから明かすことにしたのだ。

だがどうやら、みずきは俺の目論見《もくろみ》通り、すぐさま入院着を着てくれたらしい。

素《す》っ頓狂《とんきょう》なツッコミを入れている綾乃に、みずきは苦笑いを浮かべ、

「あ、あはは……。ごめんね。シャツ、雨で濡《ぬ》れちゃったからさ……」

「シャツ？　え？　もしかしてあれ、西園寺くんの？」

「う、うん。そうだよ……」

「へぇ……。そうなんだ……《あれ？　シャツの匂いからして、絶対女の人のだと思ったんだけど……。おかしいなぁ……》」

先入観って怖《こわ》いなぁ。

目の前にいるやつから同じ匂いがしてるって気づかねぇんだもん……。

俺はそれ見たことかと、ここぞとばかりにまくしたてる。

「ほらなっ！　みずきのだって言ったろ？　ったく、少しは俺のこと信用してくれよな」

「……う、うん。ごめん」

ほんとは綾乃の嗅覚《きゅうかく》が正しいんだが、そういうことにしといてもらおう。

何故ならそれが一番平和だから。

しょんぼりと落ち込んだ綾乃は、再びみずきに目を向けた。

「……ところで、西園寺くんはどうしてクローゼットの中に隠《かく》れてたの？」

うん。まぁ……そうなるわな。

がんばれみずき！　お前の華麗《かれい》な口先でなんとかこの場を乗り切るんだ！

みずきは「え～っと……」と、あからさまに目を泳がせたあと、思いついたように両手を広げ、大声で言った。

「サ、サプラ～イズ！」

いったいなんの目的で誰《だれ》に対して行ったサプライズなのか……。

その寒い言い訳に、綾乃は今世紀最大の鋭《するど》い目つきで言い放った。

「へぇ。全然おもしろくなかったわ」

それはそれは、救いの欠片《かけら》もない一言であった。

茶化《ちゃか》してごまかそうとしていた分、みずきの胸には刺さるものがあったのか、「ごめんね……。つまらないやつで……」とちょっぴり涙目になっていた。

きっと自分の話を隠れて聞かれていたことに綾乃は激怒《げきど》しているのだろうが、致《いた》し方《かた》ない。

がんばれみずき。お前にだって明日は来るさ。

こうして、一連のストーカー事件の幕が下りたのだった。

エピローグ

俺はあれから二週間入院し、昨日ようやく退院できた。

入院していた間はひっきりなしに綾乃《あやの》、みずき、結奈《ゆな》の三人が押《お》しかけて来たので、それはもうてんやわんやであった。

嬉《うれ》しくなかったと言えば嘘《うそ》になるが、正直毎日は勘弁《かんべん》してほしかった。

特に結奈は毎日面会時間を過ぎても帰ろうとしないので、そのたびに看護師さんに首根っこを掴《つか》まれて追い出されていた。

あいつ、結構ブラコンなんだな……。

早くいい人見つけて結婚《けっこん》してくれないかなぁ……。

驚《おどろ》いたことに、入院費はすべてみずきの姉である理事長が持ってくれた。

さすが金持ち。やることが豪快《ごうかい》だ。

始業の時間より少し前、俺はまた神楽猫《かぐらねこ》神社へ赴《おもむ》いていた。

やっとついた……って、うおっ⁉　なんだこりゃ⁉

出した。

境内《けいだい》の参道にはずらりと猫が座《すわ》っていて、俺を見るなり、にゃあにゃあと忙《せわ》しなく鳴き
おそらく、俺が両手にぶら下げているビニール袋《ぶくろ》の中身をもらおうと、こうやって列を
なしているのだろう。

あぁ……。やっぱり竜崎《りゅうざき》つくしを捕《つか》まえたのは有料サービスだったのか……。

お土産《みやげ》用意してきてよかったぁ……。

袋からち〇～るを取り出し、それを一匹一匹《ぴき》に渡《わた》していく。

猫はち〇～るを受け取ると、小さくお辞儀《じぎ》をしてそそくさと走り去って行った。

行儀《ぎょうぎ》のいい猫たちだ……。

きっと猫姫様《ねこひめさま》じゃなく、白夜《びゃくや》をお手本にしているんだろうな……。

そうやってすべての猫にち〇～るを渡し終えたところで、賽銭箱《さいせんばこ》の上でふんぞり返って
いる猫姫様と、猫姫様の頭の上に乗っかっている白夜を見つけた。

猫姫様は腕を組みながら、

「むっふっふ。山ほど土産をもってくるとは、良い心がけじゃ！」

「まぁ……。一応犯人捕まえてもらいましたからね……。けど、最初から猫姫様が猫たち
にストーカーを捕まえてくれるよう言ってくれたら、俺だって刺されたりせずに済んだん

ですよ？」

「うぅむ……。どうせ子どものいざこざと思って後回しにしたが、まさか幸太《こうた》が刺されることになるとは、さすがのわしも思わなんだ……。反省じゃ……」

おっ。珍《めずら》しい。素直《すなお》に反省してる……。

「そこでじゃ。謝罪ついでにわしの能力を一つ見せてやろうではないか」

「能力……？　え？　猫姫様って猫と喋《しゃべ》る以外になにかできるんですか？」

「なぬ⁉　お、お前ぇ！　最初に会った頃《ころ》、お前を空中に浮かしたり、雨粒《あまつぶ》を止めたりい
ろいろしたじゃろうが！　わしの神っぽいところをまるっと忘れとるんじゃないわい！」

神っぽいところ……。

それ神様本人が絶対に言わない言葉なのでは……。

猫姫様は、こほん、と小さく咳払《せきばら》いをすると、ひょいひょいと手招きした。

「幸太よ。近《ちこ》う寄れ」

「はい？」

「よいから。さっさとせんか」

「はぁ……」

言われるがまま目の前まで行くと、猫姫様は俺の制服の裾を上げ、塞がったばかりの傷《きず》

痕《あと》を露《あらわ》にさせた。

医者の話では、この痕はどうやっても消えないらしい。

ま、命があっただけでも儲《もう》けものだ。

なにをする気かと見ていると、猫姫様はちょろっと舌を出し、傷口をぺろりと一舐《ひとな》めした。

ざらざらとした舌の感触《かんしょく》が傷痕をなぞると、妙《みょう》にこそばゆかった。

「あの……猫姫様？　いったいなにを——あれ⁉」

見ると、さっきまであったはずの傷痕が、綺麗《きれい》さっぱり消え去っていた。

猫姫様はふんすと鼻息を出し、

「ほれ！　どうじゃ！　わしにかかればこの程度の傷、一瞬《いっしゅん》で治癒《ちゆ》させることも可能なんじゃぞ！」

「すごい！　神様みたい！」

「神様じゃし！」

「……つーか、そんな能力あるなら俺二週間も入院しなくてよかったじゃないですか」

「そんなことは知らん。お前が神社に来んかったのが悪いんじゃろうが」

「猫姫様がそんなことできるだなんて知りませんでしたし……。それに、そっちから来てくれればよかったじゃないですか」

「アホか！　わしはこの神社から出られんのじゃ！　お前が来んか！」

「だったらせめて白夜に手紙を持たせるとか、もっと他《ほか》にやりようがあったでしょう？」

「アホか……。お前……。アホかぁ！」

この神様、絶対そこまで考えてなかったな……。

なんでこんなアホな神様の口車に乗って、あの飴玉《あめだま》食べちゃったんだろう……。

あの時の自分を殴《なぐ》りたい……。

……とはいえ、今回もこのとんでも能力のおかげでみずきを助けられたんだし、結果的にみればよかったと言えないこともない。そう思わないとやっていけない。

俺の傷痕が綺麗さっぱり消えたのを見届けた猫姫様は、満足そうにうんうんと頷《うなず》くと、

「よし。これで今回のわしのミスはチャラということでよいな？　ふぅ。一件落着じゃ」

「……え？　いやいや、そんなわけないでしょ。俺刺《おれさ》されたんですよ？　場所が悪ければ死んでますよ？」

「むぅ？　刺されたぁ？　そんな証拠《しょうこ》がどこにあるんじゃぁ？」

「いや、だからここに……って、それは今猫姫様が消したじゃないですか！」

「知らんのぉ。証拠もないのにガタガタ言われてはたまらんわい」

この化《ば》け猫娘《ねこむすめ》め ぇ……。

「わかりました。もう猫姫様へのお土産はなしです」

「なぬっ!? お、おい、それは話が違《ちが》うじゃろうが！ これ、待たんか！」

結局、猫姫様がビニール袋から手を放してくれなかったので、しかたなくち〇～るを与《あた》え、白夜を一撫でしてから神楽猫神社をあとにした。

◇　◇　◇

学校への道中、ふとある疑問の答えが見つかっていないことに気がついた。

そう言えば……綾乃がサイン会の直後から感じていた、つけられている気配っていうのは結局どういうことだったんだ？

竜崎つくしが行動を開始したのは、綾乃とみずきが映画館にいるところを目撃《もくげき》し、新参者の綾乃にみずきを取られたと勘違《かんちが》いしたからだ。

であれば、それ以前から感じていたという、綾乃のつけられている気配の正体はいったい……。

プルルルル。プルルルル。

スマホのコール音が鳴り響き、画面を見てみると、再子さんの名前が表示されていた。

再子さんから……？　なんだろう？

画面をタップし、出てみると、再子さんのどこかけだるそうな声が響いた。

『もしもし。霧切《きりぎり》ですが、幸太くん？』

「はい。どうかしましたか？」

『いやねぇ、この前の件、ちょっとこっちで調べてみたんだけど、ようやくその犯人が自供したわよ』

「この前の件……？」

そうだ。綾乃のストーカーの件で、再子さんにも電話しておいたんだった。

たしかその時、心当たりがあるとかなんとか言ってたけど……。

再子さんはうんざりしたように、ため息交じりに言った。

『綾乃のストーカー、あれね、犯人は海藤一花《かいどういちか》先生だったわ』

「……はい？」

『あの人、娘《むすめ》である綾乃が今どんな生活をしているのか気になって、こっそりあとをつけてたんだってさ。……ったく、人騒《ひとさわ》がせよね』

「そんなの……本人に直接聞けば済む話じゃないですか」

『あはは！　あのコミュニケーション能力皆無《かいむ》の海藤先生には無理よ！』

たしかに花江《はなえ》さん、そういうの苦手そうだしなぁ……。

『それであの人、たまーに綾乃のあとをつけて、物陰《ものかげ》からこっそり見てたんだってさ』

「そ、そうだったんですか……」

そのせいで話がややこしくなったんだな……。

マジで勘弁してほしいんですけど……。

『とにかく、海藤先生にはこちらから厳重注意しておいたから、もう勝手に綾乃のあとをつけたりはしないと思う。だから安心して』

「は、はぁ……。わかりました。調べてくれてありがとうございます」

『こちらこそ、綾乃のことを気にしてくれてありがとう。またなにかあったらすぐ教えてちょうだい。じゃあね』

ピッ、と電話が切られると、俺は無性《むしょう》にやるせない気持ちになった。

◇　◇　◇

学校へ到着《とうちゃく》すると、いつも通りの景色が広がっていた。

まるで俺が刺《さ》された事件なんてなかったかのように……。

あれからみずき伝いに聞いた話では、結局俺が刺されたあの事件は未解決……というより、捜査《そうさ》すらされなかったらしい。

西園寺《さいおんじ》家の力、恐《おそ》るべし……。

犯人である竜崎つくしは、理事長お墨付《すみつ》きの更生施設《こうせいしせつ》へと送られたらしい。

大切な妹であるみずきを狙《ねら》った竜崎つくしに対して怒《いか》り心頭だった理事長だが、自分を教育者だと明言していた以上、そこまで手《て》荒《あら》なことはされていないと信じたい。

それに、娘のことを心配していた竜崎つくしの母親には事実をすべて伝えているらしく、好きな時に連絡《れんらく》を取り合ったり、竜崎つくしがいる施設へ訪問する許可が与えられている。

一方的にみずきを好きになったあげく、自分の物にならないから刺そうとする……。

そんな彼女《かのじょ》をどのように更生させるのか、俺は密《ひそ》かに期待している。

願わくば、彼女にも普通《ふつう》の生活を取り戻《もど》してほしい。

教室に到着し、扉《とびら》を開くと、俺の姿に気づいたみずきがこちらに向かってブンブンと手を振《ふ》った。

「おーいっ！　幸太！　退院おめでとう！」

「おう。いつもお見舞いにきてくれてありがとな。やっと退院できたわ」

そう言ってみずきと綾乃のもとへ歩み寄ると、綾乃も小さな声で、

「おはよう、幸太。もう体は大丈夫《だいじょうぶ》？」

「あぁ。綾乃もお見舞いありがとな」

「べ、別に……。幸太が怪我《けが》した責任は、一応私にだってあるからね」

そんな素っ気ないセリフを並べた綾乃だったが、その心の中は嘘のように浮《う》かれていた。

「《わぁぁぁい！　こうちゃんと学校で会うなんて久しぶりだよぉ！　今朝は会えなくて寂《さび》しかったから、授業中にたっぷりこうちゃん成分を堪能《たんのう》しなくちゃ！》」

うん。いつも通りですね、綾乃さん。

さて、と鞄《かばん》を机に置いた時、じっとこちらを見つめているみずきの視線に気がついた。

「ん？　みずき？　どうかしたか？」

「へっ？　い、いや、別に……《なんだろう……。やっぱり改めて幸太のこと意識しちゃうとちょっぴり恥《は》ずかしいな……。そもそも、幸太はボクが女だなんて知らないし、想《おも》いが通じることなんて絶対にない……。それに幸太には夢見ヶ崎《ゆめみがさき》さんがいるし……。で、でも……ひっそり片想いしてるだけなら、ボクにだって許されるよね》」

あ、あはは……。

俺は、異性の心の声が聞こえる代わりに、告白されると死ぬ。

この能力を消し去る条件は、無事に高校を卒業すること。

それまでの道のりは遠く険しいものになるだろう。

けれど……それでも前を向いて歩くしかないのだ。

みずきが、溌剌《はつらつ》とした目をこちらに向ける。

「ねぇ、幸太。今日、帰りにカラオケ行こうよ《こ、これはデートじゃないよね？　ただ、友達として遊ぶだけだし！　だから全然普通のことだし！》」

綾乃が、不満そうに唇《くちびる》を尖《とが》らせる。

「あら？　病《や》み上がりだし、今日はすぐに帰った方がいいんじゃない？　そうだ。久しぶりに私が晩御飯《ばんごはん》を作ってあげるわ。ありがたく思いなさい《こうちゃんとおうちデート！　なにつくろっかな～？　えへへ。やっぱりこうちゃんの大好きハンバーグかな～》」

…………。

高校卒業まで、あと約二年……。

この状況で、俺は本当に高校卒業なんてできるのだろうか……。

先行き不安な地獄《じごく》の青春ラブコメ高校生活は、これから一層険しくなるだろうと、俺はしみじみ痛感した。

了

あとがき

　お久しぶりです。六升六郎太です。

　さっそくですが、皆様の応援のおかげで『バレかわ』のコミカライズが決定いたしました！　ありがとうございます！　まさか自分の書いた小説が漫画にしてもらえるだなんて……。嬉しすぎて感無量です！　ぜひとも続報をお持ちください！

　最近お仕事探しに奔走していますが、なかなかうまくいきません。けど小説を書いていると現実逃避ができて前向きな気持ちになれます。

『バレかわ』第二巻は、前作と比べてやや血みどろな展開になりましたが、ラブコメ展開もそこそこ入っているのでプラマイゼロでしょう。

　今作の第二章は、みずきと幸太が体育館倉庫に閉じ込められ、尿意を催し、そこに置いてあったバケツに用を足すかどうか苦悩するという展開を書いたんですが、実はプロット段階ではみずきだけが尿意を催し、最終的にバケツに用を足す、という展開でした。

　けれどプロット会議を終えた担当さんいわく、「ヒロインの一人がバケツに用を足すのはいかがなものかという声が出たので、このシーンは変更してください」とのことでした。

「変更しないとだめですか？」と少し粘ってみましたが、粛々と説得されて折れることに。

ただ、落ち込んでいる私に担当さんは言いました。

「あ、でも、主人公がバケツに用を足す分にはＯＫが出たので大丈夫ですよ！」、と。

そう言われた時は「そうなんですねー。わかりましたー」と流しましたが、内心では、「プロット会議で『主人公がバケツに用を足す分には構いませんか？』って聞いたのかな？」と気になってしかたありませんでした。

今後も通ればいいなぁ、という希望を込めてプロットを書いていこうと思います。

謝辞です。

いつも細かい点まで指示を出してくれる担当編集様。おかげさまで今回もより良い作品になったと思います。今後ともよろしくお願いいたします。

前作に引き続き、イラストを担当してくださったｂｕｎ１５０様。お忙しい中仕事を引き受けていただき、本当にありがとうございました。前作同様、キャラクターたちのいきいきとした表情がとても素敵でした。今後ともご縁がありましたら、よろしくお願いいたします。

最後に、この本を手に取ってくださった読者の皆様。本当にありがとうございました。

今後とも、よろしくお願いいたします。

またいつかお会いできることを祈っています。

HJ文庫 946 http://www.hobbyjapan.co.jp/hjbunko/

いっつも塩対応な幼なじみだけど、俺に片想いしているのがバレバレでかわいい。2

2021年8月1日　初版発行

著者——六升六郎太

発行者—松下大介
発行所—株式会社ホビージャパン

〒151-0053
東京都渋谷区代々木2-15-8
電話　03(5304)7604（編集）
　　　03(5304)9112（営業）

印刷所——大日本印刷株式会社

装丁——AFTERGLOW／株式会社エストール

Printed in Japan

ISBN978-4-7986-2555-3　C0193

ファンレター、作品のご感想お待ちしております

〒151-0053　東京都渋谷区代々木2-15-8
(株)ホビージャパン HJ文庫編集部 気付
六升六郎太 先生／bun150 先生

果てない空をキミと飛びたい

雨の日にアイドルに傘を貸したら、二人きりでレッスンをすることになった

「――私に空の飛び方を教えてください」

著者／榮 三一
イラスト／フライ

少しだけ気軽に飛行機の操縦が出来るようになった世界。飛行機バカの一年生矢ヶ崎矧《しん》は、雨の日に傘を貸した縁で、美少女の涼名美月に飛行機の操縦を教えることになった。学園内での人気も高いアイドルと二人きりの教習が始まり……なにも起こらないはずがなく――!?

発行：株式会社ホビージャパン